www.tredition.de

AF216852

Hema Kaiser

Hema Kaiser

"Schwester, bitte...!"

Die unglaublich kranke Geschichte
meines Thoracic Outlet Syndroms

www.tredition.de

© 2015 Hema Kaiser

Verlag: tredition GmbH, Hamburg

ISBN
Paperback: 978-3-7323-5168-8
Hardcover: 978-3-7323-5169-5

Printed in Germany

„SCHWESTER, BITTE...!"

oder die unglaublich kranke Geschichte meines Thoracic Outlet Syndroms

VORWORT

Wenn Sie dieses Buch lesen, dann hoffentlich aus dem Grund, dass Sie sich unterhalten wollen, und nicht, weil Sie ein gesundheitliches Problem haben. Sollte bei Ihnen ein Thoracic Outlet Syndrom diagnostiziert worden sein, dann lesen Sie nicht weiter, sondern wenden Sie sich bitte an Ihren Arzt oder Apotheker. Dieses Buch ersetzt nicht den Arztbesuch. Lesen Sie auch keinesfalls die Beipacktexte der Ihnen verschriebenen Medikamente. Sie merken schon, in welcher Branche ich arbeite: in der Pharmabranche.

Es wird Ihnen auch gleich auffallen, dass ich keine Schriftstellerin bin, doch ich musste diese Geschichte einfach aufschreiben. Nehmen sie nicht alles ernst; ich versuche die Dinge mit einer gewissen Ironie zu betrachten, das hat mir über Vieles hinweggeholfen. Der Ruf „Schwester, bitte...!" war mein Begleiter in einer sehr schweren Zeit und musste einfach der Titel für dieses Buch werden.

Sie müssen wissen, dass ich mich in vollem Besitz meiner geistigen und körperlichen Kräfte befinde und dass es mir gut geht. Das war aber nicht immer so.

1. Kapitel - Die Erkenntnis

Heute ist wieder einmal so ein grauer Februar-Montag, den ich zum Lesen meiner unzähligen medizinischen Fachzeitschriften benutzen kann. Schuld daran ist der von meiner Familie hoch geschätzte Armin Assinger und seine „Millionenshow".

Meine Familie, das sind mein Mann, mein Sohn, meine Mutter und mein Kater „Herr Ingenieur Toperzer" - er ist immer dort, wo auch wir sind - sieht mit großer Begeisterung diese Sendung, und ich nutze diese Zeit zum Lesen medizinischer Fachzeitschriften.

Ich stoße auf einen Artikel über das Thoracic Outlet Syndrom (TOS) oder Nervenenge-Syndrom. Wow, klingt das spannend. Es wird die Krankengeschichte eines 26-jährigen Profisportlers beschrieben. Er hat immer wieder Probleme mit der Durchblutung und den Nerven in Armen und Händen. Durch sein intensives Training war der Skalenusmuskel (Halsmuskel) vergrößert und Verursacher seiner Beschwerden. In einigen Fällen sind aber Halsrippen die Ursache. Bei Halsrippen handelt es sich um anatomische Besonderheiten, sogenannte rudimentäre Organe, also Überbleibsel aus der Evolution. Und hier läuten bei mir die Alarmglocken! Seit zirka dreißig Jahren ist mir bekannt, dass ich Halsrippen habe. Genauso wie die Migräne eine Erbschaft von meinem Vater. Ich bin halt mit meinen 156 cm zu klein für die vielen Rippen, die ich habe.

Seit Jahren leide ich unter Schmerzen im Hals- und Brustwirbelbereich, Verspannungen, Spannungskopfschmerzen, Schulterschmerzen und eingeschlafenen Händen und Armen. Leider nehmen die Schmerzen in den letzten Jahren ständig zu. Eine ganze Lade prall gefüllt mit Röntgen- und MRT-Bildern, ein Archiv an Befunden und das Gefühl, ein Hypochonder zu sein, all das soll jetzt endlich eine Erklärung haben?

Ich bin davon überzeugt, dass ich mich selbst richtig diagnostizierte, und begebe mich auf die Suche nach einem fachkundigen Arzt.

2. Kapitel - Die Diagnose

Ich arbeite im wissenschaftlichen Außendienst einer Pharmafirma und kenne aus meiner zwanzigjährigen beruflichen Tätigkeit geschätzte sechshundert Ärzte. Nur, wo soll ich anfangen zu suchen? Ich denke, dass ich ein orthopädisches Problem habe. Also setze ich hier an und frage bei meinem nächsten Besuch an einer orthopädischen Abteilung nach. Der diensthabende Oberarzt schaut mich an und meint: „Das könnte durchaus die richtige Diagnose sein. Da es sich dabei um ein sehr seltenes Syndrom handelt, müssen Sie einen Spezialisten aufsuchen."

Der überaus freundliche Orthopäde ist sehr engagiert, denkt nach und bespricht sich mit Kollegen. Schließlich sagt er zu mir: „Wir sind uns einig, hier gibt es nur einen, und das ist der Professor Bär. Er arbeitet in unserem Schwesterspital im Krankenhaus Spritzing und ist sicher der Einzige, der Ihnen hier weiterhelfen kann."

Ganz begeistert, so schnell den Richtigen gefunden zu haben, rufe ich in Spritzing an und frage nach einem

Termin. Dieser wird mir für den 17. Juni zugeteilt. „Nehmen Sie sich aber den ganzen Vormittag Zeit, das kann dauern!"

Na toll, es ist Ende März, das heißt: in fast drei Monaten! Auf meine Frage, ob man da nichts machen kann, antwortet die Dame schon genervt, aber nicht unfreundlich: „Sie können sich ja einen Termin in seiner Privatordination ausmachen, da sind Sie sicher schneller dran."

Ok, das mache ich. Ich investiere oft genug Geld in „Unnützel"- eine Investition in meine Gesundheit ist ja etwas Sinnvolles.

Ich suche nach der Adresse seiner Privatordination und vereinbare online einen Termin für Mitte April. Die Praxis befindet sich in einer heiß diskutierten neuen Wiener Fußgängerzone. Wartezeit fünfundvierzig Minuten, naja, das fängt schon gut an mit dem Bär.

Die Tür geht auf, und ein imposanter Mann steht vor mir. Er ist gut zwei Köpfe größer als ich und empfängt mich mit strengem Blick. Ich - natürlich auch nicht schüchtern - beantworte seine Frage, was er denn für mich tun könnte, so: „Ich habe bei mir ein TOS diagnostiziert und hätte gerne Ihre Bestätigung.“

Er schenkt mir ein mildes Lächeln: „Na wie kommen's denn darauf? Das ist etwas sehr Seltenes. Schau ma mal!" „Der nimmt mich eh nicht ernst“, sind meine ersten Gedanken, „vielleicht war meine Einleitung auch zu provokant.“

Er untersucht meinen Oberkörper, meine Arme und Hände eingehend. Dann betrachtet er meine alten Röntgenbilder und überlegt. Sein Grinsen ist längst verschwunden. Er schaut mich sehr ernst an und meint: „Sie kennen Ihren Körper sehr gut und haben eine vollkommen richtige Diagnose gestellt.“ Es fehlt nur mehr „Frau Kollegin“, aber das bilde ich mir wahrscheinlich ein. Jedenfalls spricht er mit mir auf Augenhöhe. Er weckt in mir Emotionen, die ich nicht für möglich gehalten hätte: Ich fühle mich verstanden! Er erzählt mir von zahlreichen Patienten, die zu ihm als „arbeitsscheue Lamentierer“ geschickt werden. Menschen, die von Arzt zu Arzt laufen, um endlich eine Diagnose zu erhalten. Manchmal aber auch Menschen, die resigniert haben. Im Laufe des einstündigen Gespräches entwickle ich großes Vertrauen zu ihm. Er überweist mich zu mehreren verschiedenen Untersuchungen. Als Sofortmaßnahme bietet er mir eine Aufnahme ins Krankenhaus Spritzing an. Dort soll eine sogenannte Skalenusblockade *(Regionalanästhesieverfahren zur Schmerztherapie)* gemacht werden. Da ich dort drei Tage stationär aufgenommen werden muss, sucht er geduldig mit mir nach dem nächstmöglichen Termin Ende April.

„Der Bär ist ein sympathischer Kerl", erzähle ich zu Hause und fühle mich so angekommen. So soll es sein, so soll es bleiben. Vorerst.

3. Kapitel - Die Therapie

Der Aufenthalt im Krankenhaus ist ein voller Erfolg! Ich checke an einem Montag nüchtern ein und habe auch gleich am Vormittag den Eingriff. Schon vor vielen Jahren habe ich Autogenes Training gelernt, das ich immer in Stresssituationen anwende. So gelingt es mir, schon vor der Einnahme der Beruhigungstablette einzudösen. Nach ungefähr einer Stunde wache ich in meinem Zimmer auf. Mein rechter Arm ist zwar gelähmt, aber mir geht es gut. Am nächsten Morgen ist alles wieder in Ordnung und ich stehe die Prozedur noch einmal durch. Mir ist zwar noch etwas schwummelig, doch bin ich sehr zuversichtlich.

Einige Tage später findet die Magnetresonanzuntersuchung statt. Ich habe NUR drei Wochen gewartet, schließlich bin ich Privatzahler, sonst hätte es doppelt so lange gedauert. Hinein in die Röhre, Arme nach oben und schon geht´s los. Nach zirka einer halben Stunde ist alles vorbei und ich nehme wieder im Wartezimmer Platz. Ich warte und warte und wundere mich schon, worauf eigentlich. Die Röntgenassistentin kommt zu mir und bittet mich, die Untersuchung zu wiederholen. Also noch einmal das gleiche Prozedere... Danach werde ich ins Büro des Radiologen gebeten. „Ich muss Ihnen etwas zeigen, das man sehr selten sieht!" Sogar für mich als Laien ist eindeutig die Unterbrechung der Durchblutung meiner Armarterie zu erkennen. Es handelt sich um eine hundertprozentige Stenose auf der linken Seite bei angehobenen Armen *(Stenose: Verengung eines röhrenförmigen Körperabschnittes).* Auf der rechten Seite sind es noch immer achtzig Prozent. Das heißt, es fließt bei erhobenen Armen kein Blut durch meine Gefäße.

Das ist der Hammer. Ich bin plötzlich total deprimiert, obwohl es mir im Moment so gut geht. Vielleicht bleibt das ja auch so...

In den nächsten Wochen geht es mir weiterhin hervorragend. Ich bin so glücklich, eine Diagnose, eine Therapie und keine Schmerzen zu haben. Im Juni nehme ich dann den offiziellen Ambulanztermin bei Prof. Bär wahr. Er macht mich allerdings darauf aufmerksam, dass der Zustand nur wenige Wochen bis zu maximal sechs Monaten andauern kann. Wenn die Therapie erfolgreich ist, kann man sie zwar noch einmal wiederholen, aber es ist keine

Dauertherapie.

Als er dann meine Befunde studiert, rät er mir aber doch zur Operation. Er klärt mich detailliert über die Risiken auf. „Ich habe einige Patienten, die mir gesagt haben, ‚wenn ich das gewusst hätte, hätte ich mich nicht operieren lassen'. So eine Operation ist sicher kein Sonntagsspaziergang, aber in Ihrem Fall die einzige Chance, dauerhaft beschwerdefrei zu sein. Wir wären froh, wenn wir bei allen Patienten die Diagnose so genau stellen könnten. Sie sind ein Klassiker!"

Als Fünfzigjährige freue ich mich zwar über den „Klassiker", trotzdem verlasse ich die Ambulanz mit hängenden Ohren.

4. Kapitel - Die Kur

Um meine Beschwerden zu lindern, buchte ich schon vor Monaten einen Kuraufenthalt in Radlersburg. An einem wunderschönen Julisonntag reise ich an und beziehe ein gepflegtes Zimmer mit Balkon und Blick zum Pool. Herrlich! Drei Wochen nur für mich alleine. Voll motiviert niste ich mich ein und verteile meine vielen Kleidungsstücke gleichmäßig auf die Kästen.

Beim Abendessen erlebe ich eine Überraschung. Ein guter Freund meines Ex-Mannes sitzt am Tisch hinter mir. Er ist Hals-Nasen-Ohren-Arzt in Salzburg und rettete meinem Ex vor gut zwanzig Jahren das Leben. Wir haben uns sicher fünfzehn Jahre nicht gesehen und besuchen gemeinsam die Hotelbar. Es gibt nicht nur viel zu erzählen, sondern auch zu verkosten. Wir befinden uns schließlich im Land des Traminers. So nett der Abend auch war, bin ich doch froh, dass der Herr Dozent bald wieder nach Hause fährt. Wenn jeder Abend so verläuft, brauche ich nach der Kur noch eine Entziehungskur.

Montag früh wache ich durch lautes Kommandieren auf:

„...und eins und zwo und eins und zwo. He schneller! Schneller! Nich´ hängen lassen, wir sind hier in keinem Altenheim!". Oje, was ist das? Ich fühle mich als wäre ich bei der Deutschen Bundeswehr gelandet. Wo bin ich nur hingeraten?

Das herrliche Frühstücksbuffet auf vier Sterne Niveau lässt mich schnell den Schock vergessen. Gut gelaunt nehme ich meinen Termin bei der Kurärztin wahr. Sie ist nett und bemüht, weiß aber mit meinem Outlet Syndrom nicht wirklich etwas anzufangen. Ich bekomme die Standardbehandlungen verordnet, Aqua Fitness ohne Hanteln und Nordic Walking ohne Stöcke.

Das ist zwar für mich eine gute Lösung, der deutsche Fizzifuzzi sieht das aber anders. Ich passe einfach nicht ins Schema. Er ist sogar ungehalten, als ich bei der Wassergymnastik ohne Hanteln trainiere. Beim Nordic Walking werde ich verpfiffen „Bitte die Dame hat keine Stöcke!", meint eine Übereifrige.

Die Gespräche der anderen Kurgäste während des Abendessens drehen sich fast ausschließlich um ihre bis zu siebzig Kilometer (!) langen Radtouren nach den Therapien. Höhen-, Steigungs- und Geschwindigkeits-Messer und andere mir gänzlich fremde Gerätschaften werden diskutiert.

Zweimal in der Woche findet ein Tanzabend mit Livemusik statt. Hier geht's dann so richtig rund. Langsam frage ich mich, warum diese Menschen auf Kur sind?

Und das Schlimmste ist, fast alle sind älter als ich.

Ich fühle mich als Außenseiterin. Früher war ich überall dabei, hab auch – aber nur wenn es unbedingt sein musste – auf dem Tisch getanzt, war eine rasante Schifahrerin und Judokämpferin. Ich war ein Bewegungsmensch. Jetzt darf und kann ich das alles nicht mehr tun, wenn auch nur vorübergehend. Meine Schmerzen sind zwar im Moment erheblich besser. Ich merke aber, dass sie langsam wieder kommen.

Nach den drei Wochen stellt sich leider kein nachhaltiger Kurerfolg ein.

5. Kapitel – Die Vorbereitung

Durch meinen Beruf kann ich, was ärztlichen Rat und neueste Therapieoptionen betrifft, aus dem Vollen schöpfen.

Ein Spezialist der Universitätsklinik für Radiologie in Wien hat mir eine Injektion mit Botulinumtoxin, also einem Nervengift, in den Skalenusmuskel empfohlen. Um vielleicht doch die Operation zu vermeiden, lasse ich Mitte September auch diese Prozedur über mich ergehen. Leider ohne Wirkung. Wahrscheinlich wäre es sinnvoller gewesen, die Botoxdosis in mein Gesicht zu injizieren. Meine Kummerfalten werden durch die Schmerzen immer tiefer.

Die Entscheidung für die Operation habe ich mir nicht leicht gemacht, sehe aber ein, dass es die einzige Chance für mich ist.

Professor Bär sieht das auch so. Um einen besseren Heilungserfolg zu erzielen, empfiehlt er mir, gleichzeitig auch das Karpaltunnelsyndrom an meiner linken Hand zu operieren.

(Beim Karpaltunnelsyndrom handelt es sich um ein Beschwerdebild, das durch eine Druckschädigung des „Mittelarmnervs" (Nervus medianus) im knöchern-bindegewebigen Kanal der Handwurzel entsteht. Diese anatomische Engstelle, der Karpaltunnel, wird U-förmig von den Handwurzelknochen gebildet. Der Nervus medianus wie auch alle Beugesehnen der Finger ziehen darin vom Unterarm zur Hand. Eine Zunahme des Volumens im Inneren des Tunnels, etwa durch Schwellungen, führt zu einer Druckerhöhung, die den Nerv schädigt.)
Quelle: Netdoktor

Unter eingeschlafenen Händen leide ich schon seit mehreren Jahren. Durch den Wechsel, den ich bereits seit zirka fünf Jahren ertrage, entstehen vermehrte Wassereinlagerungen im Gewebe. Dadurch schwillt der Tunnel an und verursacht eben diese Probleme. In so einem Fall kann die Operation helfen. Außerdem geht es dann gleich in einem Arbeitsgang. Sozusagen eine Generalüberholung zum 50er!

Wir vereinbaren den Termin für den 15. Dezember 2014. Das ist zwar sehr knapp vor Weihnachten, aber eine günstige Zeit, da in den Weihnachtsferien unsere Haupturlaubszeit liegt. Es sind die meisten Ärzte auf Urlaub und die diensthabenden voll ausgelastet.

Im Oktober verbringen wir vier abenteuerliche Wochen in Australien. Ein fantastisches Geburtstagsgeschenk meines Mannes zu meinem Fünfziger.

Mein liebstes Hobby, das Fotografieren, kann ich nur mehr unter Schmerzen ausüben. In der Nacht schlafe ich schlecht, weil meine Arme immer wieder noch tiefer schlafen als ich selbst. Trotzdem tanke ich hier sehr viel Kraft für den bevorstehenden Eingriff. Und Kraft werde ich mehr brauchen, als ich mir vorstellen kann.

Im Krankenhaus Spritzing ist es Standard, dass vor größeren Operationen Termine bei dem klinischen Psychologen vereinbart werden. Frisch erholt und gut gelaunt nehme ich den ersten Termin Mitte November wahr. Bis heute habe ich keine Angst vor dem Eingriff. Während des Gesprächs wird mir aber mulmig. Der Psychologe macht eine Entspannungsübung mit mir. „Der Körper verliert nur soviel Blut wie notwendig" sagt er mir vor. Ich solle mir „kleine, weiße Kügelchen vorstellen, die meine Zellen mit Energie versorgen" und Ähnliches. Die schöne Erinnerung an unseren letzten Malediven-

Urlaub entspannt mich wieder. Immer wieder soll ich mir diese Bilder vorstellen, damit ich sie dann im Operationssaal leichter abrufen kann.

Ich versuche, die Operation nicht zu dramatisieren und eher auf die leichte Schulter zu nehmen. Der Psychologe sieht das anscheinend anders, spricht es aber nicht direkt aus.

Ich verlasse irritiert die Praxis und beginne mich zu fürchten.

Auch viele Gespräche mit den von mir betreuten Ärzten, die ich darauf vorbereite, dass ich wegen des Eingriffs doch einige Zeit nicht erreichbar sein werde, verlaufen ähnlich. Viele schauen mich so mitleidig an, dass mir schon ganz anders wird.

Den 2. Dezember 2014 werde ich so schnell nicht vergessen.

Es ist schon Vorweihnachtszeit, und ein österreichischer Radiosender hat die Aktion „Das große Ö3 Christmasshopping" gestartet. Jeden Tag werden zu verschiedenen Zeiten Rechnungen gezogen, die Hörer vorher eingeschickt haben. Der Betrag wird vom Wiener Handel beglichen. Das ist eine tolle Aktion! Da mein Sohn vier Monate als Souschef auf Saison nach Lech am Arlberg geht, habe ich ihm Schi und Stöcke als Weihnachtsgeschenk gekauft. Die Rechnung hat fast vierhundert Euro ausgemacht, und ich habe sie am 1. Dezember eingesendet. An jenem 2. Dezember bei der Morgentoilette sage ich zu meinem Mann: „Du, ich glaube heute stehen die Chancen gut, dass meine Rechnung gezogen wird. Wir müssen unbedingt Radio hören!" Gesagt und sofort wieder vergessen, das sollte ich noch lange bereuen. Ich habe um halb neun den Termin zur operativen Vorbereitung im Krankenhaus Spritzing.

Während des Anamnesegesprächs mit einem jungen Arzt macht der mich darauf aufmerksam, dass die Operation eine Chance aber keine Garantie darstellt. Er ist sehr an meinem Krankheitsbild interessiert und wünscht mir das Allerbeste. Sein letzter Satz baut mich aber wieder auf: „Sie sind in guten Händen beim Professor Bär. Der ist zwar ein wilder Hund, aber auch der Beste! Wo schon viele Chirurgen aufgeben, traut er sich noch drüber!"

Es folgt noch ein Röntgen, ein Gespräch mit dem Anästhesisten und natürlich mit meinem neuen Freund, dem

Psychologen. Ich treffe ihn am Gang und er meint, ich könne ja schon früher kommen. „Ok, um 11:00 Uhr bin ich bei Ihnen." Ich trinke noch schnell einen kleinen Braunen und mache mich auf den Weg.

Mein Handy ist zwar lautlos, aber auf Vibrieren einge-stellt. Kaum betrete ich die psychotherapeutische Praxis, beginnt das Handy ohne Ende zu vibrieren. Das ist mir peinlich und der Psychologe bittet mich, es ganz abzu-schalten. Was ich natürlich auch tue. Das war in diesem Fall aber ein folgenschwerer Fehler, wie sich bald her-ausstellen sollte.

Ich versuche mich zu entspannen und auf die „weißen Kügelchen" zu konzentrieren, was mir schon besser ge-lingt. Tiefenentspannt verlasse ich die Praxis und begebe mich wieder zum Schalter der operativen Vorbereitung. Ich nehme Platz und warte, dass ich aufgerufen werde. Ach ja, das Handy habe ich fast vergessen. Ich schalte es ein und – Schock!: siebzehn Anrufe in Abwesenheit, elf SMS und drei Emails.

Meine Rechnung wurde gezogen und ich habe es nicht gehört! Mein sonst niedriger Blutdruck ist sicher auf zweihundert, mein Herz rast und kalte Schweißperlen stehen auf meiner Stirn. Sofort wähle ich die Nummer des Senders, aber leider ist es zu spät. Man hat nur drei Songs lang Zeit, dann ist die Chance vorbei.

"Frau Kaiser, Frau Kaiser, ich ruf Sie schon andauernd! Wo waren Sie denn?" "Ich, ich bin eh da, also eigentlich nicht, also doch ja eh da..."

Die Schwester bei der operativen Vorbereitung schaut mich entgeistert an: „Ist mit Ihnen was?" fragt sie mich schon ungehalten. Ich erzähle ihr die ganze Geschichte und sie meint aufmunternd: „An Ihrer Stelle würde ich mich aber ärgern. Das gibt's ja nicht!"

Na, jetzt habe ich die offizielle Lizenz zum Ärgern. Ich nutze sie natürlich ausgiebig und ärgere mich noch tagelang.

Irgendwie bekomme ich ein ungutes Gefühl und werde abergläubisch. War das jetzt ein schlechtes Omen?

Bald werde ich es wissen.

6. Kapitel - Die Operation

Den dritten Adventsonntag 2014 verbringe ich mit meiner Familie. Am Nachmittag wünschen mir noch unsere Nachbarn alles Gute für die Operation. Wir haben das Glück, dass die beiden - wir nennen sie die „Nachbarskinder" - gleichzeitig auch unsere besten Freunde sind. Uns verbindet eine jahrelange Freundschaft. Mit dem „Nachbarsbuben" habe ich schon die Kindergarten- und Volksschulbank gedrückt. Seine Frau ist für mich der pragmatischste Mensch, den ich kenne. Wann immer ein Problem auftaucht, sie hat die Lösung. Und wenn sie keine Lösung hat, dann hat sie zumindest eine Idee.

Es ist sicher kein Zufall, dass die beiden Nachbarskinder Peter und Petra, also Felsblöcke oder Felsen in der Brandung, heißen.

Wir teilen auch die Vorliebe für gute Weine und alkohol-hältigen Sprudel. Demgemäß stoßen wir mit einem guten Glas Prosecco an. Mein letztes für längere Zeit.

Den geplanten Einrückungstermin am Sonntag habe ich schon prophylaktisch von 16:00 auf 18:00 Uhr verschoben. Trotzdem bin ich sehr erstaunt, als mich der Portier mit „Guten Abend, Frau Kaiser!" begrüßt. Er bemerkt meine Verwunderung und verrät mir „Sie sind die letzte Patientin heute, deshalb weiß ich, wer Sie sind!" Aha, bin ich wiedermal die Letzte. Das kam schon früher ab und zu vor.

Ziemlich kleinlaut verabschiede ich mich von meinem Mann, der mich noch auf mein Zimmer begleitet hat. Wir vereinbaren ein Kennwort, mit dem er telefonisch Auskunft bekommt. Die Schwester meint, ich bin am frühen Nachmittag wieder auf der Station, dann soll er anrufen, wann er mich besuchen kommen kann.

Jetzt wird's langsam ernst.

Gegen einundzwanzig Uhr besucht mich die Anästhesistin und markiert die linke Hand und die linke Schulter. Sie malt mir mit dickem Filzstift zwei Fido Dido Männchen auf die Haut. Das finde ich so witzig, dass ich sofort ein Selfie nach Hause schicke.

Zum Schlafen lasse ich mir eine Tablette geben, schließlich will ich ja morgen ausgeschlafen und fit in den OP geführt werden.

Der 15. Dezember 2014 ist ein kalter, grauer Wintertag. Das lässt mich genauso kalt, da ich heute etwas anderes vorhabe. Ich dusche noch ausgiebig und werfe das „Arme-Sünder-Hemd" um. Es ist hinten offen, damit man es leicht im Operationssaal öffnen kann. Schon um halb acht Uhr Früh bekomme ich ein Beruhigungsmittel und werde in den OP gebracht. Schleuse - Umbettung - Operationssaal. Die letzte Erinnerung habe ich an die von hinten beleuchteten Röntgenbilder meines Brustkorbes und meiner Hände. Dann wünscht man mir freundlich „Schlafen Sie gut!", was ich auch brav in der Sekunde tue.

„Frau Kaiser, wachen Sie auf! Sie sind auf der Intensivstation. Ihr Mann ist schon zum dritten Mal hergekommen."

Was? Erschrocken reiße ich die Augen auf und sehe meinen Mann mit einer sehr besorgten Miene neben meinem Bett sitzen. Das Erste, was ich zu ihm sage, ist: „Du Armer, warst du schon so oft da? Ich bin so müde, so unendlich müde." Mein Mann Wolfgang meint beschwichtigend: „DU bist arm, nicht ich. Wie geht es dir?" Das kann ich beim besten Willen nicht beantworten. Ich kenn mich ja überhaupt nicht aus. Warum bin ich auf der Intensivstation?

Gegen den Durst bekomme ich Stäbchen mit Zitronengeschmack. Zwischen meinen Beinen spüre ich einen Fremdkörper. Auf mein Nachfragen erfahre ich, dass es ein Harnkatheter ist. Meine beiden Hände sind verbunden, die rechte Hand sogar mit einer Schiene versorgt. Was ist denn das nun wieder? Ich erfahre, dass es sich um zwei venöse und einen arteriellen Zugang handelt. Hier tropfen Schmerzinfusionen in meine Venen; Blutdruck und Puls werden in der Arterie gemessen. Da ich jetzt wach bin, tauscht die Schwester die Sauerstoffmaske gegen einen Nasenschlauch.

Ich finde keine Worte dafür, wie ich mich in diesen Minuten - oder waren es Stunden - fühle. Insgesamt habe ich neun verschiedene Zugänge oder Drainagen. Eine engelsgleiche, blonde Krankenschwester namens Angelina reibt mich mit Lavendelöl ein. Das ist zwar sehr angenehm, besonders am Rücken, aber gleichzeitig auch sehr ungewohnt. Eine fremde Frau berührt meinen nackten Körper und hilft mir, mich auf die rechte Seite zu drehen.

Meine größte Sorge ist die Lunge. Ich weiß, dass hier ein

Risiko bei solchen Operationen liegt. „Schwester Angelina, habe ich ein Loch in der Lunge?" frage ich ängstlich. „Nein. Das heißt ja, aber nicht direkt. Der Professor kommt dann eh zu Ihnen." „Na danke, jetzt weiß ich's", denke ich und bekomme furchtbare Angst.

Auch Wolfgang weiß zu diesem Zeitpunkt nicht, was eigentlich dazu geführt hat, dass ich auf der Intensivstation gelandet bin. Er weiß nur, dass ich länger als vier Stunden operiert worden bin.

Irgendwann, ich habe kein Zeitgefühl, kommt Professor Bär noch im grünen OP-Dress zu uns und berichtet von der Operation. „Der Eingriff war sehr kompliziert. Die Halsrippe war mit Ihrer ersten Rippe verwachsen, daher musste ich auch diese entfernen. Es war extrem wenig Platz zwischen Schlüsselbein,   Nerven und Gefäßen. Leider wurde dabei Ihr großer Lymphgang verletzt. Lymphflüssigkeit fließt jetzt in den Pleuraspalt (Rippenfell). Sie haben einen Pleuraerguss und deswegen auch eine Bülau-Drainage. Sie müssen sicher zwei Tage auf der Intensivstation bleiben. Dann werden wir sehen, wie sich alles Weitere entwickelt."

An mehr kann ich mich an diesem Montag nicht mehr erinnern. Ich falle in einen Erschöpfungsschlaf bis zum Dienstag.

7. Kapitel - Die Intensivstation

Dienstag - der erste postoperative Tag

Trotz meiner Erschöpfung und einer Schlaftablette ist die Nacht sehr unruhig. Im Bett neben mit liegt ein zweijähriges Mädchen aus Albanien, das über das Friedensdorf nach Österreich gekommen ist. Das Friedensdorf (*www.allianz-fuer-kinder.at*) - ich kannte es nicht - ist eine internationale Hilfsorganisation, die kranke und verletzte Kinder aus Krisengebieten nach Deutschland und Österreich zur kostenlosen medizinischen Versorgung bringt.

Eine septische Hüfte, keine Eltern am Krankenbett und keine Deutschkenntnisse - sie ist noch viel ärmer als ich. Wenn man das weiß, versteht man sehr gut, warum sie manchmal eine Stunde ohne Unterbrechung brüllt. Meine Gefühle als Frischoperierte sind allerdings ambivalent. Sie tut mir leid, aber ich mir auch. Wir müssen also unser Schicksal irgendwie gemeinsam und doch jeder für sich tragen.

Um sieben Uhr früh findet die Dienstübergabe statt. Da

die Schwestern direkt mir gegenüber sitzen, verstehe ich fast jedes Wort.

„Sie hat heute wieder über eine Stunde gebrüllt, das Antibiotikum dürfte sie vertragen. Wie machen wir das mit den Kopfläusen? Gestern haben wir ihre Haare gewaschen, es waren aber noch Nissen im Kamm..." Ich kann nicht alles verstehen und will es irgendwie auch gar nicht. Die arme Kleine hat zu allem Überfluss auch noch Läuse!

Und dann sprechen sie etwas leiser weiter: „Ja, sie hat jetzt auch einen Kaliummangel entwickelt, die Lymphflüssigkeit im Kanister schaut so komisch aus, bei der OP sind Komplikationen aufgetreten, die Lunge muss unbedingt röntgenisiert werden. Wir müssen auf den Professor warten..." Sprechen die wirklich von mir? Ich kann es nicht glauben, aber da die Schwestern fast in meinem Bett sitzen und nicht sehr leise sprechen, verstehe ich sehr viel. Mein Name ist mehrmals gefallen. Total verunsichert warte ich auf den Bär, meine Vertrauensperson. Eine gefühlte Ewigkeit, in Wahrheit sicher nur Minuten später, schaut mich ein großer, grün vermummter Mann an. „Jö, mein rettender Bär! Ein sehr stattlicher Engel!", denke ich. „Wie geht es Ihnen heute?", fragt er nach. Was soll ich sagen. Ich kann mich nicht bewegen, habe Schmerzen und vor allem Angst. Er untersucht die Beweglichkeit meines linken Armes und der Hand. „Na super. Sie können den Arm und die Hand ja bewegen. Spüren Sie meine Berührungen?" Aha, Operation gelungen, Patient kann sich bewegen und spürt sogar etwas.

Er ist sehr zufrieden und erklärt mir nochmal die Operation. Dann schaut er den Kanister mit der Flüssigkeit an. „Oje, der Erguss schaut ja aus wie Schlagobers. Sie haben einen Chylothorax *(Ansammlung von Lymphflüssigkeit im Bereich der Brusthöhle)* entwickelt. Sie dürfen ab sofort kein Fett mehr zu sich nehmen." Er weist die Pfleger an, mir nur mehr Wasser und Brot zu verabreichen. „Das ist ja wirklich eine Strafverschärfung, das glaube ich jetzt aber nicht." Leider ja, da hilft kein Flehen und kein Jammern. Ich nehm's dann doch mit Humor und sage ihm: „Das muss man auch positiv sehen. Wer kann schon über die Adventzeit abnehmen? Anstatt einer Fettabsaugung läuft bei mir das Fett direkt in den Kanister!"

Der Grund dafür liegt darin, dass das über die Nahrung aufgenommene Fett in die Lymphe übergeht. Die

Lymphgänge müssen sich aber wieder von selbst verkleben, und das funktioniert nur, wenn die Lymphflüssigkeit dünnflüssig ist.

Der Professor eilt wieder in den OP und ich versuche mich mit der Situation anzufreunden.

Das erste Mal in meinem Leben als Erwachsene werde ich von fremden Menschen gewaschen und sogar gedreht. Das ist wirklich sehr gewöhnungsbedürftig für einen extrem selbstständigen Menschen wie mich. Die Schwester möchte mich mit dem spitalseigenen Kamm frisieren. „Oh nein, bitte nicht. Wenn da noch Läuse von der Kleinen drinnen sind!" denke ich verzweifelt. Freundlich sage ich aber zu ihr: „Danke sehr, das erledigt dann meine Mutter. Sie wird jeden Moment hier sein." Diese Kurve habe ich gerade noch gekriegt. Läuse sind so ziemlich das Letzte, was ich jetzt brauche.

Das trockene Brot kann ich alleine essen, Wasser trinke ich aus dem Schnabelhäferl. Zusätzlich werde ich mit Aminosäuren und Glucose-Infusionen ernährt. Ich wünsche mir so sehr einen Himbeersaft, den man mir nicht geben will, weil der Bär ja Wasser und Brot verordnet hat. Schließlich kann ich die Schwestern doch überzeugen, dass mir das nicht schadet, da es sich ja nur um eine andere Form von Zucker handelt, wie in der Infusion. Der erste Himbeersaft schmeckt einfach himmlisch!

Ich freue mich so riesig, als endlich meine Mutter - meine Mama - auf Besuch kommt. Nachdem meine ersten Freudentränen versiegt sind, kommen mir gleich Tränen des Schmerzes. Sie hat sich neben mein Bett gesetzt und aufgestützt, um mich bei dem Lärm besser zu verstehen. Doch leider hat sie nicht bemerkt, dass sie auf meinem Katheterschlauch lehnt. Es zieht höllisch in meiner Harnröhre. Die nächsten Tage habe ich gemäß dem Experiment des „Pawlowschen Hundes" zwar keinen Speichelfluss. Aber jedes Mal ein furchtbares Ziehen im Unterleib, wenn sich Mama meinem Bett nähert.

Am späten Nachmittag kommt wieder mein Wolfgang vorbei und versucht heldenhaft, mich aufzuheitern. Er hat Fingerpuppen mitgebracht und spielt mir hinter dem Paravent vor. Weil ihm das kleine Friedensdorf-Mädchen sehr leid tut, spielt er ihr auch in einer Phantasiesprache vor. Sie versteht zwar nichts, aber ihr gefällt's, und das ist das Wichtigste.

Ich bin total überrascht über meinen Mann. Unter normalen Umständen möchte er nichts von Krankheiten und schon gar nichts von Krankenhäusern hören. Wie er sich aber hier verhält, kann ich nicht glauben. Das hätte ich ihm niemals zugetraut.

Irgendwie geht dieser erste, nicht enden wollende Tag auch zu Ende, und ich falle mit meiner Schlaftablette in einen unruhigen Schlaf.

Erkenntnis des Tages: Unverhofft kommt oft!

Mittwoch - der zweite postoperative Tag

„Schwester, bitte! Schwester, bitte!" Träume ich, oder wimmert da jemand neben mir? „Ja, Frau Hofrat Sekanti-us-Quengelmann, ich komm ja schon"

„Schwester bitte, könnten Sie mir einen anderen Polster geben? Der ist mir zu hart." „Frau Hofrat, wir haben leider nur diesen. Möchten Sie noch einen zweiten Polster?"

Frau Sekantius-Quengelmann stimmt schließlich dem Vorschlag zu, und es ist fünf Minuten ruhig.

Ich glaub's nicht - ich bekomme einen Migräneanfall. So ein Anfall ist schon für einen Gesunden grauenhaft, aber in dieser Situation so ungefähr das Allerletzte. Da habe ich doch lieber Kopfläuse. Naja, ich warte halt zu. Vielleicht ist das nur eine Reaktion auf den ganzen Stress hier. Die Nacht war ja sehr abwechslungsreich. Neben der Zweijährigen liegt jetzt eine schwer behinderte Frau, die mehrmals in der Nacht Erstickungsanfälle hatte und abgesaugt werden musste.

„Schwester bitte, könnten's mir doch den Polster anders hinlegen? Jetzt lieg ich so hoch und das tut mir in der Hüfte weh." Die Schwester erfüllt der nervigen Patientin auch diesen Wunsch. Schließlich ist Frau Hofrat ja eine Sonderklasse-Patientin.

„Gehen's Schwester, wenn Sie schon da sind, könnte ich bitte etwas zu trinken haben?"

Es ist schon eine eigenartige Situation, alles zu hören aber nichts zu sehen. Zwischen den Betten sind Paravents aufgestellt.

Mir geht es leider immer schlechter und ich muss nun auch die nette Schwester Ilonka, sie stammt wie die meisten anderen aus der Slowakei, bemühen. „Könnten Sie mir bitte meine Tasche geben? Da müssten meine Migränemedikamente drinnen sein." Ungeduldig durchsuche ich den Inhalt meiner Handtasche, aber - Ojemine! - ich habe die Medikamente zu Hause vergessen. Was mache ich nur? Da die vielen Schmerzinfusionen nicht gegen meine Migränekopfschmerzen wirken, frage ich bei Ilonka nach. „Das ist kein Problem", meint sie, „die werden wir sofort vom Medikamentendepot anfordern." Zu diesem Zeitpunkt weiß ich noch nicht, wie lange das dauern kann.

Mittlerweile bekomme ich im Bereich der Drainage, das ist unterhalb der linken Brust, entsetzliche Schmerzen. Der diensthabende Intensivmediziner verordnet daher ein Morphiumpräparat bei Bedarf. Dipidolor. Im medizinischen Fachjargon „Dipi" genannt, wird zu meinem besten Freund. Damit halte ich die starken Schmerzen besser aus.

Auch die Besuche von Wolfgang und Mama geben mir viel Kraft.

Ich werde regelmäßig am Morgen und am Abend im Bett röntgenisiert, um den Erguss in der Lunge zu beobachten. Bisher war eine fast zärtliche Röntgenassistentin bei mir am Bett. Doch heute Abend ist mir ein sehr großer, etwas ungeschickter Assistent zugeteilt. Er fällt über den Schlauch meiner Drainage und lässt mich Sterne sehen vor Schmerz.

Da der Kanister schon voll ist, soll er gewechselt werden. Der Pfleger bringt einen neuen, aber leider ein anderes Modell. Gemeinsam mit der Oberschwester studieren sie die Gebrauchsanweisung und werkeln am Schlauch herum. Sie diskutieren und bringen schließlich doch einen anderen Behälter. Ich versuche mich zu entspannen und höre Musik über meinen iPod. Nach eineinhalb Stunden ist der Kanister erfolgreich gewechselt. Noch schlimmer als die ganze Prozedur ist das Gefühl der Unsicherheit.

Zu allem Überfluss merke ich, dass mir schlecht wird. Ich bringe noch das Wort „Schwester" raus und dann ist es auch schon geschehen. Ich muss mich übergeben. Dank der schnellen Reaktion der Pflege kann ich eine größere Wirtschaft vermeiden.

Jedenfalls habe ich für heute genug. Die gute Nachricht ist, dass Frau Hofrat Sekantius-Quengelmann auf die Normalstation verlegt wurde.

Ich versuche zu schlafen, was mir aber nur sehr schwer gelingt. Der Lärm und das grelle Neonlicht in meinen Augen sind nicht sehr förderlich für einen tiefen Schlaf.

Erkenntnis des Tages: Vergiss in keiner Lebenssituation deine Migränemedikamente, schon gar nicht, wenn du ins Krankenhaus gehst!

Donnerstag - der dritte Tag

„Schwester bitte, warum bin ich auf der Intensivstation? Wann kommt denn der Herr Doktor?" höre ich eine weibliche Stimme in meiner Nähe. „Gleich kommt der Arzt. Er ist schon auf dem Weg!"

Träum ich oder bin ich schon im Jenseits? Die Quengelmann ist zurück! Jetzt wo ich endlich gut eingeschlafen bin, werde ich so aus meinen Träumen gerissen. Gut, die Albträume brauch ich ohnehin nicht, aber dass die Quengelmann wieder hier ist, hätte ich wirklich nicht gedacht.

„Guten Morgen, Frau Waldvogel.", sagt der diensthabende Intensivmediziner. „Herr Doktor, was ist denn mit mir passiert? Es war doch nur ein kleiner Eingriff. Warum bin ich auf der Intensivstation." Das ist ja gar nicht die Quengelmann, die Patientin wirkt eher unterwürfig. Sie ist wirklich sehr beunruhigt. „Ja, Frau Waldvogel, Sie sind halt schon sehr alt. Es ist Ihr Herz." „Was ist mit meinem Herz? Verheimlichen Sie mir etwas?" „Nein, aber Sie haben nach der Operation Vorhofflimmern entwickelt und daher sind Sie hier. Mehr kann ich Ihnen nicht sagen.", meint er und zieht sich wieder zurück. Die neue Patientin ist „so klug als wie zuvor" und wirkt auch nicht beruhigt. Das kann ich alles nur erahnen, ich sehe ja nichts. Mir kommt nur vor, dass der Mediziner mit Frau Waldvogel anders hätte sprechen sollen. Nach einem anstrengenden Nachtdienst hat er für Diplomatie wahrscheinlich keinen Kopf mehr. Erst der Besuch ihrer Kinder hat die arme Patientin beschwichtigen können.

Heute bekomme ich zur Abwechslung eine trockene Semmel zum Frühstück. Ich kaue lange und trinke jede Menge Wasser dazu. Eine neue Schwester ist für mich zuständig. Sie heißt Maja und stammt auch aus der Slowakei. Sie muss mich routinemäßig nach meinem letzten

Stuhlgang befragen. Ich sage wahrheitsgemäß, dass dieser am letzten Sonntag stattgefunden hat. „Da müssen wir heute was mache. Das ist vierte Tag, das können wir nicht lasse. Sie bekommen Zapfen von mir." Na gut, nehm ich das halt, obwohl ich ja nichts in mir haben kann. Wasser und Brot habe ich ja gestern erbrochen. Sie bleibt hart und verabreicht mir den „Zapfen". Eine Stunde später - mein Mann spielt wieder Kasperl an meinem Bett - spüre ich die Wirkung. Schnell, schnell auf die Schüssel. Wolfgang ergreift die Flucht und spielt meiner kleinen, albanischen Leidensgenossin mit den Puppen vor. Sie lacht und ich leide. Ich strenge mich furchtbar an, aber leider ist das Ergebnis nur das geschmolzene Zäpfchen.

Durch diese Anstrengung bekomme ich wieder sehr starke Schmerzen im Bereich der Drainage. Trotz Schmerzinfusionen ist der Zustand unerträglich.

„Schwester Maja, bitte ein Dipi, ich halte es nicht mehr aus!" Sie kommt wieder mit einer normalen Schmerzinfusion. Mittlerweile bekomme ich schon acht Stück am Tag davon. „Bitte Maja ein Dipi, die Infusion bringt nichts!" „Das Morphium noch mehr verstopft. Ich frage

Arzt!" „Ja bitte, aber schnell!" Der Arzt kommt zu mir und weist die Schwester an, mir, wann immer ich es möchte, Dipi zu geben. Nach der Verabreichung wird zwar mein Kopf ziemlich heiß, aber die unerträglichen Schmerzen verwandeln sich in erträgliche.

Was mein Mann in diesen Tagen mit mir mitmacht, ist schon unglaublich. Ich hätte ihm nie zugetraut, dass er in so einer Situation die Nerven behält und meine verschwitzte Hand hält. Das gibt mir sehr viel Kraft, die mich aber verlässt, wenn er wieder nach Hause geht.

Am frühen Abend bemerke ich, dass meine Narbe am Hals immer dicker wird. Innerhalb kurzer Zeit schwillt die Wunde so an, dass sie die Größe meiner Hand hat. Ich glaube, das ist ein Hämatom. Ich frage die Intensivmedizinerin und sie macht eine Ultraschalluntersuchung vom Operationsgebiet. Sie ist schon ziemlich genervt, da es bereits nach zwanzig Uhr ist und sie noch nicht einmal auf Visite war. Sie bestätigt meinen Verdacht eines großen Blutergusses und meint, dass dieser wahrscheinlich operativ ausgeräumt werden muss. Sicher habe ich mich überanstrengt, als ich mich erleichtern wollte und die Wunde ist dadurch angeschwollen. Es kommt auch noch der diensthabende Orthopäde dazu und bestätigt ihre Meinung. Ich habe große Angst zu verbluten und verweigere die Thromboseprophylaxe-Injektion. Entweder bilde ich mir das nur ein, oder riecht es auch nach Blut? Die Nachtschwester legt mir einen Sandsack auf den Hals - und so soll ich jetzt schlafen? Es wird die schlimmste Nacht meines Lebens.

Trotz Schlaftablette bin ich um ein Uhr munter. Meine Kopfschmerzen sind unerträglich und werden ohne die speziellen Migränepräparate auch nicht besser. Die Pfleger dürfen nur bis Mitternacht Einschlafhilfen verabreichen. Deshalb bekomme ich nur pflanzliche Beruhigungstropfen. Um zwei Uhr wird mir schlecht. Ich fürchte, im Liegen zu kollabieren. Ich habe Hunger und Schmerzen. Das Pflegepersonal ist verzweifelt und bietet mir ein Nutella-Brot an. Wie gerne würde ich das jetzt essen, aber ich darf nicht. Nutella ist fast reines Fett, vor allem das schädliche Palmfett. Es ist schließlich auch so alt wie ich (Der Name Nutella wurde 1964 erfunden) und schmeckt auch unvergleichlich gut.

„Könnte ich bitte etwas gegen den Brechreiz haben?" frage ich um drei Uhr. Ich bekomme etwas gespritzt und langsam wird mir besser. Von den vielen Infusionen habe ich schon eine unangenehme Ausdünstung, für die ich mich geniere. Aber meine Würde habe ich schon am Eingang zur Intensivstation abgegeben.

Auch diese Nacht vergeht und irgendwann graut der Morgen.

Erkenntnis des Tages: Im Darm liegt die Gesundheit!

Freitag - der vierte Tag

So wie jeden Morgen schaut der Bär bei mir vorbei. Er ist wieder einmal der Einzige, der sofort die Lage erkennt. „Das ist nie im Leben ein Hämatom. Die Geschwulst kommt von der Lymphe. Wir müssen einfach abwarten, bis sich die Lymphgänge von selbst wieder verschließen bzw. verkleben. Wir werden punktieren."

Die Schwester assistiert und er nimmt mir zwei mal fünfzig Milliliter Lymphflüssigkeit aus der Narbe am Hals ab. In diesen Stunden ist es immer wieder Prof. Bär, der mich beruhigen kann und zu dem ich auch Vertrauen habe. Er baut mich bei jedem Besuch auf. Für ihn ist nichts ein Problem. Ziemlich relaxt knabbere ich an meiner trockenen Semmel. Ich bin ja so glücklich, einen dünnen Filterkaffee mit einem kleinen Schuss Milch zu bekommen.

Ich bin eine sogenannte „Kaffeeschwester". Konkret heißt das: ich brauche drei Tassen Kaffee am Tag. Die erste zum Frühstück. Ein Nespresso Fortissio Lungo mit Milchschaum, den ich mit Kakaopulver bestreue. Die zweite zirka eine Stunde später vor dem Computer. Ein Cosi klein nur mit etwas Milchschaum und ohne Kakao. Und die dritte Tasse irgendwann im Laufe des späten Nachmittags. Roma mit wenig Milch. Man kann also wirklich sagen, dass ich sehr verwöhnt bin, was das Thema Kaffee betrifft.

So schnell kann man sich Luxus abgewöhnen. Ich genieße die wenigen Dinge, die ich zu mir nehmen darf. Zum Mittagessen bekomme ich gekochte, trockene Kartoffel mit Salz. Ein echter Leckerbissen!

Heute hat wieder der nette Dr. Toperzer mit dem besorgten Gesicht Intensivdienst. Er hat recherchiert und für mich ganz bestimmte Wachstumshormone bestellt. Ich freue mich, vielleicht werde ich doch noch einen Meter sechzig groß? Nein, dieses Medikament soll die Heilung der Lymphgefäße beschleunigen. Es spielt aber sowieso keine Rolle, denn das Präparat wird nie geliefert.

Da meine Zugänge an der linken Hand kaum mehr Infusionen aufnehmen können, versucht er einen neuen Zugang zu setzen. Obwohl er mit Ultraschall arbeitet und immer wieder zusticht, findet er keine geeignete Vene. Ich verstehe das nicht, denn bisher hatte ich immer sehr gute Venen. Dr. Toperzer erklärt mir, dass sich meine Gefäße aufgrund meiner sehr angespannten Kreislaufsituation verkrampfen und deshalb ein Zugang extrem schwierig sei. Also entschließt er sich schweren Herzens für einen zentralen Venenkatheter.

(Der zentrale Venenkatheter ist ein dünner Kunststoffschlauch, der über eine Vene der oberen Körperhälfte in das Venensystem eingeführt wird und dessen Ende in der oberen oder unteren Hohlvene vor dem rechten Vorhof des Herzens liegt). Quelle: Wikipedia

Das ist für den Arzt und für mich eine Herausforderung. Meine Mutter kommt gerade im richtigen Moment zur Tür herein. Die Schwester meint, dass sie während des Eingriffs draußen warten soll. „Bitte lassen Sie meine Mama hier. Sie muss mir das Handerl halten!" Da kann die strengste Oberschwester nicht widerstehen, wenn ein Kind nach der Mama weint...

Mit Hilfe von Ultraschall sucht Toperzer die richtige Vene, sticht und bringt den Kunststoffschlauch ins Venensystem ein. Das ist eine unangenehme Prozedur, aber sie gelingt und ich habe am rechten inneren Oberarm einen perfekten Zugang für Infusionen und Ernährung. Der Arzt ist mindestens genauso erleichtert wie ich und spricht das auch aus.

Erkenntnis des Tages: Egal wie alt du bist, es gibt Situationen, wo du noch immer Kind sein darfst.

Samstag - der fünfte Tag

Ich frag schon gar nicht mehr, wie lange ich noch in diesem Narrenhaus bleiben muss. Jetzt kommt das Wochenende und es wird sich nichts ändern. Von den angekündigten zwei Tagen auf der Intensivstation ist schon lange keine Rede mehr.

Gott sei Dank gibt es hier aber auch Engel! Schwester Angelina ist so einer. Sie meint, dass heute nicht so viel zu tun sei, und wir einen Wellnesstag machen könnten.

Sie bringt ein aufblasbares Wasserbecken und legt es unter meinen Kopf. Dann schleppt sie einen Kübel mit warmem Wasser und schüttet ihn sanft über meine Haare. Sie wäscht sie und gibt sogar Balsam über die verklebten Strähnen. So eine skurrile Situation habe ich noch nie erlebt. Angelina föhnt die Haare trocken und ich fühle mich wie neugeboren.

Leider hält dieses Hoch nicht sehr lange an. Seit einigen Stunden habe ich Luft unter der Haut im Brustbereich. Es knistert, wenn ich auf mein Dekolleté drücke. Die diensthabende Intensivmedizinerin meint, es sei ein Emphysem

(Als Emphysem bezeichnet man das unphysiologisch erhöhte Vorkommen von Luft oder Gas im Gewebe. Im engeren Sinn ist mit „Emphysem" meist das Lungenemphysem gemeint). Quelle: DocCheck

Es ist also schon wieder was passiert. Die Ärztin ruft sofort Dr. Bär an. Obwohl es Samstag ist, kommt er am Nachmittag zur Visite. An meinem Bett entsteht eine fachliche Diskussion zwischen Intensivmedizinerin und Chirurgen. Das ist für mich als Patientin eine sehr unangenehme Situation. Wieder einmal werde ich verunsichert und weiß nicht, was ich glauben soll. Die Ärztin dramatisiert, der Arzt bagatellisiert und ich kompensiere mit einem Dipi.

Er punktiert wieder meine Narbe am Hals und nimmt insgesamt 80 ml Lymphe ab. Vor lauter Angst kralle ich mich an seinem weißen Ärztekittel fest. Die Punktion stellt sich mittlerweile als Kleinigkeit dar. Trotzdem bin ich froh, als es vorbei ist.

Wo bin ich hier? Mittlerweile beginnt es wieder hektisch zu werden auf der Intensivstation. Ein Patient zur Kardioversion wird angekündigt

(Kardioversion nennt man die Wiederherstellung des normalen Herzrhythmus (Sinusrhythmus) beim Vorliegen von Herzrhythmusstörungen, meist Vorhofflimmern oder Vorhofflattern. Man unterscheidet die elektrische Kardioversion mit einem Defibrillator von der medikamentösen Kardioversion) Quelle: Wikipedia

Mein Mann sitzt wieder treu an meinem Bett und hört den Namen des Neuankömmlings. Das ist doch der Karli Saubermacher aus Reininghaus. Was macht denn der da?

Der Karli ist vorgestern an der Wirbelsäule operiert worden und hat Vorhofflimmern entwickelt

(Vorhofflimmern, auch als absolute Arrhythmie bezeichnet, ist eine vorübergehende oder dauerhafte Herzrhythmusstörung mit ungeordneter Tätigkeit der Herzvorhöfe). Quelle: Wikipedia

Diese Komplikation ist nach einer Operation nicht ungewöhnlich. Das hat man Frau Waldvogel leider nicht gesagt.

Nun soll Karlis Herzschlag mittels Medikamenten wieder in den Sinusrhythmus gebracht werden. Karlis Frau schaut gleich bei mir vorbei. Obwohl wir uns an einem eher ungemütlichen Ort befinden, freuen wir uns über das doch sehr außergewöhnliche Wiedersehen; gleichzeitig sind wir aber auch in Sorge um Karli. Schließlich verabschiedet sie sich und Wolfgang macht sich auch auf den Weg. Ich wechsle einige wenige Worte mit meinem neuen Nachbarn, den ich zwar nicht sehen, aber hören kann. Sein Bett ist durch einen Kasten abgeschirmt, da er ein Sonderklassepatient ist.

Er wartet auf einen normalen Herzrhythmus und ich kämpfe mit den unerträglichen Schmerzen. Am frühen Abend kommt dann die gute Nachricht, dass sein Herz wieder im normalen Rhythmus schlägt, und er atmet hörbar auf.

Endlich kehrt Ruhe ein. Meine Schmerzen sind wieder mit Morphium unter Kontrolle.

Die Ruhe ist leider nur von sehr kurzer Dauer. Ein Anruf von der Station bringt wieder Leben in die Intensivhütte. Ein über 80-jähriger Patient ist nach einer Hüftoperation an Clostridium difficile erkrankt und nicht mehr ansprechbar

(Clostridium difficile ist einer der häufigsten Krankenhauskeime. Bei gesunden Menschen ist C.d. ein harmloses Darmbakterium. Werden aber konkurrierende Arten der normalen Darmflora durch Antibiotika zurückgedrängt, kann sich C.d. vermehren und Gifte (Toxine) produzieren, die zu einer unter Umständen lebensbedrohenden Durchfallserkrankung (Antibiotika-assoziierte Kolitis) führen können, insbesondere, wenn bereits vorher eine Antibiotikaassoziierte Kolitis eingetreten ist.) Quelle: Wikipedia

Der Patient befindet sich in einem lebensbedrohlichen Zustand. Jetzt geht's so richtig ans Eingemachte. Karlis Bett wird direkt neben mein Bett geschoben. Wir sind nur durch einen Paravent getrennt. Ärzte, Schwestern und Pfleger sind voll im Einsatz. Der Patient wird gereinigt, mit Sauerstoff versorgt, Zugänge werden gelegt, er wird an Infusionen angehängt, an die Überwachung angeschlossen und vieles mehr. Ich kann nichts sehen, mir reicht zu hören und zu riechen... Berufsbedingt weiß ich, wie leicht übertragbar Clostridien sind. Normalerweise müssen solche Patienten isoliert werden. Für mich als Frischoperierte mit einem Schlauch in der Lunge kann das gefährlich werden. Gelähmt vor Angst versuche ich mir die Kopfhörer meines iPods in die Ohren zu stopfen, aber es ist so laut, dass ich alles live mitbekomme.

„Herr Grantelstein, Herr Grantelstein, hören Sie mich?" schreit ihn die Ärztin unzählige Male an. Anscheinend reagiert er nicht. „Ich glaube, wir verlieren ihn" meint sie niedergeschlagen.

Wenn man solche Szenen in der Fernsehserie „Emergency Room" sieht, ist das sicher ganz spannend. Für mich als Patientin ist es grauenhaft.

Der Pfleger gibt strikte Anweisung, dass aufgrund der Ansteckungsgefahr niemand zwischen uns Kontakt haben darf.

Ich habe Angst. Bald bin ich nicht nur physisch, sondern auch psychisch am Sand.

Langsam kommt der Grantelstein wieder zu sich und beginnt die Schwester zu treten. Er will sich die Sauerstoffmaske vom Gesicht reißen und schlägt um sich. Ich hoffe sehr, dass er überlebt und die Nacht ruhig wird.

Erkenntnis des Tages: Es ist viel sicherer, zu wenig als zu viel zu wissen. (Samuel Butler)

Sonntag - der sechste Tag

Hurra, wir leben noch. Unsere kleine Gemeinschaft auf der Intensivstation hat also die Nacht mehr oder weniger gut überstanden. Das kleine Mädchen aus Albanien, die behinderte Frau mit der Schmerzpumpe, der Karli, der Herr Grantelstein und ich.

„Schwester, bitte - ich hab Bauchweh!" jammert der Grantelstein unzählige Male. Irgendwie freue ich mich, dass er wieder jammert und vor allem lebt.

Noch vor dem Frühstück werde ich im Bett geröntgt. Wenn heute die Drainage nicht entfernt wird, reiß ich sie selbst heraus. Die Schmerzen werden von Tag zu Tag schlimmer. Der Schlauch reizt das Gewebe, da er zwischen den Rippen eingeklemmt ist, und das tut einfach höllisch weh.

Das Highlight des Tages ist sicher mein „Sonntagsfrühstück". Schwester Natalia hat mir liebevoll eine Banane geschnitten und dazu ein laktosefreies Joghurt gebracht. Herrlich! Mein Problem ist aber nicht nur die fettfreie Diät, sondern auch eine Laktose- und Fruktoseintoleranz. Da ist die Auswahl natürlich schon sehr eingeschränkt. Man glaubt ja gar nicht, mit wie wenigen Lebensmitteln man leben kann. Na bin ich froh, kein Genussmensch zu sein...

Auch unser Karli hat sich erholt. Die Schwester teilt für uns brüderlich einen Betablocker (werden zur Senkung des Blutdrucks und der Ruhefrequenz des Herzens eingesetzt). Jeder bekommt eine Hälfte des Medikaments. Am späten Vormittag wird Karli auf die Normalstation verlegt.

Kurz darauf bekomme ich Besuch von der Physiotherapeutin, die mit mir Aufstehen üben will. Doch leider habe ich wieder solche Schmerzen, dass sie unverrichteter

Dinge gehen muss. Sechs Tage liege ich nun schon im Bett und kann nicht aufstehen, weil ich zu schwach bin. Ich versuche immer wieder mich aufzusetzen, aber es tut so weh. Wenn die großen Schmerzen kommen, verändere ich meine Lage so, dass ich genau auf der Drainage liege. So kann ich die nächste Dosis Morphium hinauszögern. Inzwischen wird meine Lunge heute zum zweiten Mal röntgenisiert. Diesmal schon im Sitzen.

Die Ärzte haben nach telefonischer Rücksprache mit Prof. Bär beschlossen, heute die Drainage zu entfernen. Daher werde ich so oft durchleuchtet.

Um meine Lunge zu stärken, bekomme ich ein CPAP-Gerät, mit dem oder besser gegen das ich eine Stunde atmen muss

(die CPAP-Beatmung (Continuous Positive Airway Pressure) ist eine Beatmungsform, die die Spontanatmung des Patienten mit einem dauerhaften Überdruck (PEEP) kombiniert. Der Patient kann seine Atemtiefe, Atemfrequenz und auch den Flow (Luftdurchfluss) selbst bestimmen. Voraussetzung für die Anwendung einer CPAP-Ventilation ist also die prinzipielle Fähigkeit des Patienten zur eigenen Atmung. CPAP-Beatmung findet sich

in der Intensiv- und Notfallmedizin). Quelle: Wikipedia

Ich freue mich so, Wolfgang und meine Mama zu sehen, kann aber mit der Maske nicht sprechen. So tauche ich wieder einmal ins Tal der Tränen...

Das ist natürlich auch für meine Familie eine belastende Situation. Wenigstens haben die beiden schon ein Backhenderl im Magen. Ich hingegen habe meine Salzkartoffeln genossen. Ich drücke beide Hände meiner Lieben und die Schwester erlöst mich von der CPAP Maske.

In diesen schweren Tagen bin ich sehr dankbar, meine Familie zu haben. Einzig mein Sohn Peter fehlt mir. Er ist auf Saison in Lech am Arlberg und hat dort einen sehr herausfordernden Job in einem Restaurant. Andererseits bin ich froh, dass er mich nicht in diesem Zustand sieht. Wir telefonieren ab und zu, aber nur sehr kurz, weil mich auch das anstrengt. Ich beantworte auch viele SMS, über die ich mich freue. Es glaubt mir ja sicher keiner, aber ich habe sogar das iPad meiner Firma mit. Man weiß ja nie?! Das eine oder andere Mail leite ich sogar weiter. Das ist für mich, die ich meinen Job über alles liebe, eine Art Therapie. Ich denke mir, solange ich das noch kann, kann's ja nicht so schlimm sein.

Erst Monate später sollte sich diese Einstellung ändern.

Heute hat wieder Dr. Toperzer Intensivdienst. Er ist mir mit seiner Verzweiflung schon irgendwie ans Herz gewachsen. Meine Familie verabschiedet sich, und Toperzer bereitet mich langsam auf die Entfernung der Drainage vor.

Endlich!!! Ich bin schon sehr aufgeregt, denn dieser Eingriff ist nicht ganz schmerzfrei. Wie immer stopple ich meine Ohren zu und versuche, ruhig und gleichmäßig zu atmen. Mein Entspannungsritual wirkt Wunder. Der Arzt gibt mir Atemkommandos und ich versuche sie zu befolgen. Schließlich ist der Schlauch entfernt und das Loch wird vernäht. Toperzer legt eine sogenannte „Tabaksbeutelnaht".

(Die Tabaksbeutelnaht ist eine chirurgische Nahttechnik, bei der eine Fadenschlaufe um eine künstliche oder natürliche Öffnung gelegt wird). Quelle: Wikipedia

Erst Tage später wage ich einen vorsichtigen Blick auf die Naht und erschrecke. Es sieht aus wie der Kopf von einem Champignon!

„Egal, was jetzt noch kommen mag, das Schlimmste ist

überstanden", denke ich mir und bin glücklich.

Der Glückszustand ist leider nur von kurzer Dauer, denn erst jetzt, als die starken Schmerzen verschwunden sind, bemerke ich meine Bauchkrämpfe. Vielleicht kann ich ja nach einer Woche doch einmal mein   Gedärm entleeren. Das würde mir noch fehlen zum vollkommenen Glück. Wie bescheiden man innerhalb kürzester Zeit werden kann!

Leider tut sich nichts, es handelt sich nur um die Verdauung der Frühstücksbanane und ihrer Fruktose.

Vollkommen erschöpft dämmere ich vor mich hin, bis ich von der Röntgenassistentin geweckt werde. Das dritte Röntgen für heute. Da sich noch immer ein großer Erguss im linken Lungenflügel befindet, wird entschieden die Lunge zu punktieren.

Dr. Toperzer setzt sich neben mein Bett, schlägt die Hände vors Gesicht und meint: „Ich bin schon froh, wenn das vorbei ist!" „Ja, Herr Doktor, was glauben Sie, wie froh ICH erst bin!" entgegne ich. Um ihn aufzubauen fehlt mir die Kraft und Motivation.

Ein kleines Spritzerl Dormicum, iPod, Augen zu und

durch. So einfach ist das, Dr. Toperzer!

Es reicht mir für heute. Mittlerweile ist es 19 Uhr und ich habe langsam Hunger. Ich frage den Pfleger Vladislav nach meinem Essen, und er meint, es sei nichts bestellt. Ich glaub´s nicht, da muss ich strenge Diät halten und sie vergessen auf mein Essen! Was muss ich eigentlich heute noch über mich ergehen lassen?

Den ganzen Tag spüre ich schon ein Grummeln im Bauch. Ist etwa meine Verdauung nach einer Woche doch wieder erwacht? Ich bitte um eine Schüssel und Vladislav bringt sie auch sofort. Nach einer Stunde stellt sich auch der Erfolg ein und ich bin sehr erleichtert. Es ist mir aber so peinlich den Pfleger zu bitten, die Schüssel wieder abzuholen und so verstecke ich sie im Bett. Als er mich danach fragt, bekomme ich eine Rüge. Er entsorgt meine Abfälle und möchte mich reinigen. Da ich das schon erledigt habe, lehne ich das ab. „Dann muss ich zumindest kontrollieren, ob alles in Ordnung ist." „Es ist alles wieder ok, danke. Das ist mir einfach peinlich vor einem Mann, bitte um Verständnis!" „Wissen Sie wieviele Frauenhintern ich schon gesehen habe. Da kommt´s auf Ihren auch nicht mehr an." Da hat er auch wieder recht...

Um diese unangenehme Situation zu beenden, drehe ich den Fernseher auf. Ein unerwarteter Luxus auf der Intensivstation. Auch hier gibt es eine Hiobsbotschaft: Der große Udo Jürgens ist heute überraschend verstorben! Ich bin echt schockiert und erzähle Toperzer und Vladislav davon. Sie kennen ihn nicht! Gibt's das überhaupt? Ich verstehe die Welt nicht mehr.

Die Show anlässlich seines 80. Geburtstages wird im Fernsehen wiederholt und ich weine mir die Augen aus dem Kopf...

Der Entschluss, diese Geschichte aufzuschreiben, fällt in diesen Stunden.

Erkenntnis des Tages: Und immer, immer wieder geht die Sonne auf!

Montag - der letzte Tag

„Und immer, immer wieder geht die Sonne auf, denn Dunkelheit für immer gibt es nicht, die gibt es nicht..." ist das Erste, das ich heute aus dem Radio höre.

Ich kann meine Tränen nicht mehr zurückhalten. Sie fließen und fließen. So fühlt sich wahrscheinlich ein Nervenzusammenbruch an.

Nach der Dienstübergabe visitiert ein Arzt, den ich noch nicht kenne, Dr. Schatz. Er sagt zur Schwester: „Hoffentlich hat das nichts mit mir zu tun, dass sie so viel weint!" Ich entschuldige mich und erkläre ihm, dass ich einfach nicht mehr kann und von hier weg will. Um den Erguss in der Lunge besser zu beobachten, wird ein genaueres Röntgenbild benötigt. Dr. Schatz hat Verständnis und bringt mich persönlich in meinem Bett ins Röntgen, wo er mich sogar bis vor den Röntgenapparat führt. Dann hilft er mir aufzustehen. Aufgrund meiner Schwäche ist das zwar nur kurz, aber doch lang genug möglich. Den Harnkatheter in der Hand, ansonsten nackt, bin ich sicher eine traurige Gestalt. Mir ist alles egal, ich bin ja schon glücklich, in einer anderen Umgebung als auf der Intensivstation zu sein.

Wieder zurück, bekomme ich die CPAP-Maske und muss neuerdings fest dagegen atmen. Das geht schon ganz gut. Ich bemühe mich sehr, die Übung ordentlich zu machen, damit ich bald wieder fit bin.

Auch die heute diensthabende Krankenschwester ist mir bisher noch nicht begegnet. Sie ist die erste einheimische Schwester und wird Jacqueline gerufen. Überrascht fragt sie mich, warum ich so traurig bin. Ich erkläre ihr in kurzen Worten, wie lange ich schon hier bin und dass ich wahrscheinlich auch über Weihnachten im Krankenhaus bleiben muss. „Sind Sie so ein Weihnachtsfan?" fragt sie mich erstaunt. „Nein, das nicht. Aber ich bin ein Familienmensch." Ich verstehe sie nicht und sie versteht anscheinend mich nicht.

Als Professor Bär auf die Station kommt, lässt er sich von Dr. Schatz über die Lage informieren. Er gibt Anweisung, dass ich heute auf jeden Fall auf die Normalstation verlegt werden muss. Er instruiert Ärzte und Schwestern, was noch mit mir zu tun sei. Der Bär ist so feinfühlig, dass er genau weiß, wie es mir geht. Und vor allem versteht er mich! Wenn nur alle Ärzte so mit ihren Patienten kommunizieren würden, wie viele Missverständnisse könnte man damit vermeiden!

Jaqueline stellt mir eine Waschschüssel zum Bett. Heute muss ich mich zum ersten Mal selbst waschen, was mir nur sehr schwer gelingt. Auch um einen Himbeersaft im

Schnabelhäferl muss ich betteln. Grob reißt sie mir den arteriellen Zugang heraus und weist mich an, einige Minuten draufzudrücken. Danach habe ich sie eine dreiviertel Stunde nicht gesehen. Als sie wieder erscheint, bitte ich um ein Pflaster. „Ah, hab ich auf Sie vergessen?"

Mich kann hier nichts mehr aus der Ruhe bringen, denn ich werde von den Schläuchen und vom Katheter befreit und das ist ein herrliches Gefühl!

Schwester Jacqueline versucht ungeduldig, meine kleine albanische Leidensgenossin zu beruhigen. Sie weint vor sich hin, brüllt aber nicht. Im Vorbeigehen beschwert sich die Schwester über das Kind, worauf ich zu ihr sage: „Gell, Sie haben keine Kinder?" „Wieso, merkt man das?" „Naja," entgegne ich, „das Mädchen ist doch arm, so ohne Eltern und Deutschkenntnisse. Sie ist eh so brav." Die vollbusige Krankenschwester schüttelt den Kopf und verschwindet wieder.

Um die Mittagszeit kommt die Physiotherapeutin und versucht wieder mit mir aufzustehen. Heute ist ein guter Tag und ich schaffe es! Mit ihrer Hilfe und einem Rollator kann ich zehn Schritte gehen. Danach falle ich erschöpft ins Bett. Mir ist schwindlig und ich sehe Sterne.

Ein niedriger Blutdruck ist zwar gesünder als ein hoher, aber er erschwert das Leben in solchen Situationen.

Ich trainiere wieder mit der CPAP-Maske und bin einfach nur happy.

Ich versuche sogar schon ein wenig in Zeitschriften zu blättern, die mir mein Mann kiloweise mitgebracht hat. Ein Hochglanzmagazin titelt: „Der Sex Ihres Lebens!" Wow, das interessiert mich jetzt so wie Flip Flops im Jänner... Ich lege die Zeitschrift weg und schließe die Augen.

„Also, ich brauch nicht so viele Stellungswechsel. Vielleicht ein, zweimal. Länger hält's mein Freund gar nicht aus. Obwohl, er ist schon sehr standhaft!" Ich glaub, ich träum' oder hab' ich schon Entzugserscheinungen vom Morphium? Es ist doch tatsächlich Jacqueline, die lautstark über ihr Sexualleben berichtet. „Ich wär schon fürs Experimentieren, aber der Georg ist da nicht so. Dem würde die Missionarsstellung auch genügen. Aber ich..." Ich höre nur mehr Gesprächsfetzen über Sadomaso, Quickie und so weiter... das sind sicher die Medikamente, das kann einfach nicht wahr sein.

Jacqueline hat schon zweimal auf der Normalstation angerufen, wann ich denn endlich übernommen werde. Zwei Stunden und drei Anrufe später ist es soweit. Sie packt meine wenigen Habseligkeiten, die ich diese Woche hier gebraucht habe, zusammen und beugt sich mitsamt ihrem Vorbau über mein Bett, dass ich schon leicht klaustrophobische Zustände bekomme.

„Schwester bitte, ich glaub' ich hab da was für sie!", sage ich scheinheilig und überreiche ihr die Ausgabe des Magazins. „Der Sex Ihres Lebens! Interessiert Sie das? Ich schenk Ihnen die Zeitschrift, wenn Sie wollen." „Na sicher, DES interessiert mich schon!" „Na schön, sie ist wenigstens ehrlich", denk ich mir und überlasse ihr das Magazin. „Danke, das freut mich. Sonst bekommen wir eh immer nur Merci-Schokoladen von den Patienten. Denen fällt nichts Besseres ein. Die kann ich schon nicht mehr sehen." „Auf Wiedersehen und nicht zu bald, Schwester Jacqueline. Übrigens, die zwei Schachteln Merci dort auf dem Tisch sind von mir. Sie müssen die ja nicht essen."

Und raus aus dem Narrenhaus. Der Pfleger der mich abholt, stellt mich mitsamt meinem Bett in der Schleuse ab und muss noch dringend mit der Vollbusigen tratschen. Mir ist es egal, ich mache ein Video mit dem Handy, um diesen großen Moment für die Nachwelt zu dokumentieren. Irgendwann kommt er und führt mich auf die Normalstation. Ich stehe mühsam auf und gehe an der Hand der Krankenschwester halbwegs aufrecht die vier Meter in mein neues Zimmer, mein neues Bett, mein neues Leben!

Ich habe es geschafft! Jetzt kann's nur mehr besser werden. Ich falle ins Bett und ins Tal der Tränen.

Im Bett genieße ich die Ruhe. Es ist ein Zweibettzimmer und neben mir schläft eine betagte Frau. Kurze Zeit später kommt ihre Tochter auf Besuch und erzählt mir, dass Frau Schönauer am nächsten Tag an der Hüfte operiert wird. Die Dame erwacht und ist gleich ganz gesprächig. Als mein Mann mich besuchen kommt, meint sie: „Ihr braucht's nicht zu flüstern, ich versteh' ja eh nix." Wir grinsen uns an und unterhalten uns weiter. Ich habe das Gefühl, dass Wolfgangs Nerven jetzt langsam schwächeln. Mich wundert das nicht, nach DIESER Woche. Heute ist schon der 22. Dezember und eine Entlassung ist noch nicht in Sicht. Er möchte Weihnachten absagen und auch keinen Christbaum. Lange sprechen wir darüber und ich kann ihn doch überzeugen, dass er den Baum mit Hilfe meiner Mutter aufputzt. Ihm ist halt so gar nicht nach feiern. Ich kann ihn verstehen, mir ist ja auch nicht danach.

„Junger Mann, könnten's mir bitte helfen, ich hör nix beim Fernsehen", raunt Frau Schönauer vom Nachbarbett. Wolfgang geht zu ihr hinüber und schaut nach. Lautstärke raufdrehen, anderen Kanal einstellen und so weiter. Doch leider ohne Ton. Wolfgang ist schon leicht genervt, als ich nachfrage, ob denn der Kopfhörer überhaupt angesteckt ist. Natürlich nicht. Endlich ist alles in Ordnung und sie meint: „So jetzt könnt's wieder weiterreden. Ich versteh's ja eh ned." Gut, wir widmen uns wieder dem Thema Weihnachten. „Entschuldigung, dass ich euch wieder störe, aber ich muss jemandem sagen, was der Udo Jürgens für ein toller Mann war. Dass er so plötzlich verstorben ist, ist schon ein Schock. So ein fescher, toller Mann und muss so jung sterben..."

Ich habe das Gefühl, dass meine Geschwulst am Hals wieder viel größer geworden ist, und melde es der Krankenschwester. Nach wenigen Minuten ist ein sehr netter

Intensivmediziner bei mir und punktiert die Wunde. Er nimmt wieder zwei Injektionen voller Lymphflüssigkeit ab und fragt mich, ob ich genug Luft bekomme. Mein Wolfgang hält mir fest die Hand und das gibt mir Kraft. Doch seine Kraft wird immer weniger und so schicke ich ihn nach Hause. Er muss sich dringend erholen. Vorher versuche ich noch, zum ersten mal alleine, nur mit Hilfe des Rollators auf die Toilette zu gehen. Mein Mann bleibt vor der angelehnten Türe stehen, falls mir schlecht wird. Aber ich schaffe es und bin wieder sehr dankbar für meine zurückgewonnene Selbstständigkeit. Er verabschiedet sich und ich wackle zum Fenster um es kurz zu öffnen. Nach einer Woche wieder frische Luft zu atmen, ist ein tolles Gefühl! Ich muss aber schnell wieder ins Bett sonst falle ich um. Die charmante Frau Schönauer fragt mich schon zum zweiten mal, wann ich denn operiert werde. Nachdem ich ihr alles erklärt habe, sagt sie: „Na, Sie gehen ja eh schon wieder gerade. Was haben's denn? Und wenn's schon stehen, könnten Sie mir den Fernseher umschalten? Ich kenn mich ja nicht aus..." Ich finde die Dame irgendwie schrullig, aber nett und helfe ihr, so gut ich kann. Das ist allerdings nicht sehr viel. Ich freue mich auf eine ruhige Nacht und versuche erstmals ohne Tablette zu schlafen. Um ein Uhr früh gehts los. Frau Schönauer beginnt herumzuwerkeln und möchte aufstehen. Die Schwester hat ihr ausdrücklich verboten, das alleine zu tun. Sie ist letzte Nacht gestürzt und zwei Stunden am Boden gelegen. Ich drehe das Licht auf und rufe für sie die Nachtschwester. Das gleiche nochmal um vier Uhr, aber ansonsten war Ruhe.

Erkenntnis des Tages: Merci mag man eben - nicht immer!

8. Kapitel – Die Normalstation

Dienstag, 23. Dezember

Trotz meiner unruhigen Nachbarin war die Schlafqualität um Klassen besser als auf der Intensivstation. Schon um halb acht Uhr früh wird sie abgeholt und in den OP gebracht. Ich genieße mein erstes Frühstück - es ist wieder eine trockene Semmel und ein Filterkaffee mit einem kleinen Schuss Milch.

Die Schwestern wissen noch nicht, was ich sonst zu essen bekommen darf. Ich bin ja nach wir vor auf fettfreie Diät gesetzt. Die Diätassistentin wurde schon gestern angefordert, und wir hoffen, dass sie heute kommt.

Ich habe ein Erfolgserlebnis nach dem anderen. Alleine mit dem Rollator zur Toilette kann ich ja schon. Heute habe ich mich zum ersten mal im Bad selbst gewaschen und die Zähne geputzt. Was für ein frisches, angenehmes Gefühl!

Die Physiotherapeutin kommt wieder vorbei und wir gehen einige Schritte mit dem Rollator auf dem Gang. Ein mir schon lange und gut bekannter Arzt kommt uns entgegen und - er geht an mir vorbei! Ich glaub's nicht! „Christoph, kennst du mich nicht mehr?" rufe ich ihm nach. Er dreht sich um und meint erstaunt: „Jössas Gabi, du bist das?! Wie geht's dir denn? Ich hab schon gehört, was alles passiert ist. Lass dich abbusseln, du Arme!" Er wirkt echt schockiert und wenn ich mein Spiegelbild so anschaue, verstehe ich das auch. Trotzdem freue ich mich darüber, dass ich schon einige Schritte machen kann.

Schließlich schaut auch die Diätassistentin bei mir vorbei und wir besprechen den Speiseplan und das Frühstück, sicherheitshalber für die nächsten zwei Wochen. Endlich Abwechslung!

Meine Mutter bringt mir eine große Flasche frischen, grünen Smoothie. Auch den kann ich problemlos trinken. Einfach köstlich! Ich spüre schon langsam wieder meine Kräfte zurückkehren.

Prof. Bär besucht mich und bereitet mich schonend darauf vor, dass ich über Weihnachten im Krankenhaus bleiben muss. Wieder einmal falle ich ins Tal der Tränen. Und wie ich so im Bad des Selbstmitleids treibe, kommt die Chefvisite. Das erste Mal, seitdem ich hier bin. Frau Primaria Czernohorsky kommt höchstpersönlich zu mir und ist verwundert über meinen mentalen Zustand. Bär berichtet von meiner komplizierten Operation und dem entstandenen Chylothorax. „Wenn man so etwas durchmacht, kann man schon auch einmal den Tränen freien Lauf lassen", meint er und legt mir beruhigend die Hand auf die gesunde Schulter.

Die weitere Vorgangsweise wird festgelegt. Ich muss noch zum Röntgen, und wenn keine Verschlechterung des Ergusses auftritt, darf ich morgen Nachmittag für ein paar Stunden nach Hause fahren. Ich möchte die zwölf Schmerzmedikamente reduzieren, und die Ärzte beginnen die Vor- und Nachteile der Substanzen zu diskutieren. Ab morgen muss ich nur mehr vier Tabletten nehmen, wenn ich es aushalte, ansonsten kann ich selbst erhöhen.

Mit dem Rollstuhl werde ich ins Röntgen gebracht. Das Aufstehen und vor allem Stehen bleiben fällt mir noch sehr schwer. Ziemlich erschöpft falle ich wieder in mein Bett und versuche zu schlafen. Es vergeht keine Stunde und es ist schon wieder was los. Frau Primaria Czernohorsky besucht mich und wir sind diesmal ganz unter uns. „Ich werde das jetzt persönlich in die Hand nehmen.

Da kann man nicht mehr nur zuwarten. Sie haben einen Pneumothorax und können morgen nicht so einfach das Spital verlassen." „Wieso? Heißt das, ich habe jetzt auch noch einen Pneumothorax? Das ist ja lebensgefährlich!" „Ja, das ist es auch, darum bleiben Sie hier. Ich komme morgen wieder vorbei und sehe nach Ihnen." „Sie arbeiten auch am Heiligen Abend?" „Ja natürlich, meine Privatpatienten wollen betreut werden."

Total verzweifelt rufe ich meine Freundin Christine an, denn sie kennt Frau Primaria persönlich. Ich erzähle ihr von meinem angeblichen Pneumothorax. Sie hört mir einfach zu und ist genauso bestürzt wie ich. Manchmal braucht man einfach jemanden zum Ausweinen.

(Der Pneumothorax ist ein meist akut auftretendes, je nach Ausprägung lebensbedrohliches Krankheitsbild, bei dem Luft in den Plauraspalt gelangt und damit die Ausdehnung eines Lungenflügels oder beider Lungenflügel behindert, sodass diese für die Atmung nicht oder nur noch eingeschränkt zur Verfügung stehen. Die Ausprägung reicht von minimalen Luftmengen, die vom Patienten kaum bemerkt werden, über einen Lungenkollaps bis hin zum Spannungspneumothorax, bei dem beide Lungen

und die Herz-Kreislauf-Funktion drastisch eingeschränkt sein können. Bei einem Spannungspneumothorax muss von einer akuten Lebensgefahr ausgegangen werden. ")
Quelle: Wikipedia

Als mein Mann seinen täglichen Besuch bei mir antritt, berichte ich ihm tränenüberströmt die neue Lage. Wir sind beide sehr traurig und haben einfach Angst. An dieser Stelle muss ich als Agnostiker wirklich sagen „Gott sei Dank" kommt Prof. Bär noch einmal vorbei und setzt sich eine halbe Stunde zu uns. Er versteht und beruhigt mich: „Das Röntgenbild schaut nicht so schlecht aus. Am Chylothorax hat sich nichts verändert. Sie haben keinen Pneumothorax. Wir schauen uns das morgen früh nochmal im Röntgen an, dann messen wir die Sauerstoffsättigung und danach können Sie mit ziemlicher Sicherheit den Nachmittag zu Hause verbringen. Ich verstehe, wenn Sie den Heiligen Abend im Kreis Ihrer Familie verbringen möchten." Bär hat wirklich die Gabe, die jeweilige Situation zu entspannen und mich aufzubauen.

Er hat auch immer wieder einen Schmäh oder ein launiges Zitat auf den Lippen. "Sie verstehen ja Spaß, also kann ich Ihnen sagen, dass es ein Zitat aus der „Tante

Jolesch" gibt, das ziemlich genau auf Ihre Situation passt: „Gott soll einen hüten vor allem, was noch ein Glück ist. "Wir unterhalten uns über Friedrich Torberg und andere österreichische Literaten. Inzwischen punktiert er meine Narbe und ich bedanke mich dafür, dass ich - auch ohne private Zusatzversicherung - in einem Zweibettzimmer untergebracht bin. „Da müssen Sie sich bei der Oberschwester bedanken. Ich habe damit nichts zu tun." Na gut, ich bin jedenfalls sehr froh, die kommende Nacht alleine verbringen zu dürfen.

Es wird die ruhigste seit längerer Zeit!

Erkenntnis des Tages: Humor ist, wenn man trotzdem lacht!

Mittwoch, 24.12. Heiliger Abend

Die erste wirklich ruhige Nacht ist vorüber und ich bin schon sehr aufgeregt, ob ich heute nach Hause gehen darf oder nicht. Gleich nach dem Frühstück werde ich wieder mit dem Rollstuhl ins Röntgen geführt. Schon die Röntgenassistentin weckt in mir die Hoffnung, ein paar Stunden das Krankenhaus verlassen zu können. Prof. Bär erkundigt sich telefonisch nach mir und gibt Anweisung, noch die Sauerstoffsättigung zu messen. Wenn diese in Ordnung ist, darf ich nach dem Mittagessen heimfahren. Doch leider, sie ist nur bei 65 % und somit viel zu niedrig. Der Arzt, der die Messung vornimmt, kann das nicht glauben und besorgt ein anderes Gerät. Und siehe da, die Sättigung ist bei 97 % und somit im Normbereich. Jetzt wird noch der zentralvenöse Zugang gezogen, denn damit darf man kein Spital verlassen.

„So ein Weihnachtsgeschenk habe ich noch nie bekommen!" freue ich mich. Mein Mann holt mich ab und bringt mich nach Hause. Mit zittrigen Knien steige ich ins Auto und schnalle mich vorsichtig an. Ich bin das Sonnenlicht nicht mehr gewöhnt und borge mir die Sonnenbrille von Wolfgang.

Die 28 Stufen in meine Wohnung sind eine echte Herausforderung. Mit Hilfe von Wolfgang und Mama komme ich wohlbehalten in meinen eigenen vier Wänden an. Mein Kater begrüßt mich und mir kommen die Tränen, diesmal aber vor Freude. Es grenzt schon an ein Wunder, dass ich noch nicht ausgetrocknet bin vor lauter Weinen. Ich lege mich neben den Christbaum und bin einfach nur glücklich.

Meine Tante aus Salzburg ist auf Weihnachtsbesuch und auch meine Nachbarn Peter und Petra kommen kurz vorbei. Für mich ist das alles total unrealistisch. Ich freue mich so sehr. Andererseits bin ich auch sehr traurig, dass wir nicht in gewohnter Weise feiern können. Außerdem vermisse ich meinen Sohn Peter. Anscheinend geht es ihm nicht anders und er ruft an und wir plaudern kurz. Er erzählt mir von seinem anstrengenden Job als Koch auf Saison in Lech am Arlberg. Da ich nicht nur physisch, sondern auch psychisch sehr schwach bin, muss ich den Hörer an meine Mutter weitergeben. Ich bin überhaupt nicht belastbar und das tut mir so leid. Sogar sprechen strengt mich an. Mir fehlt die körperliche und auch seelische Kraft.

Wir legen alle so viele Erwartungen in das Weihnachtsfest und werden leider viel zu oft enttäuscht. Ich merke auch, dass Wolfgang sehr erschöpft ist, und bitte ihn, mich wieder ins Krankenhaus zu bringen.

Meine Gedanken zum Heiligen Abend sind ambivalent und ich bin eigentlich ganz froh, wieder alleine zu sein. Ich lasse noch ein wenig frische Luft ins Krankenzimmer.

Plötzlich erfüllen wunderschöne Gesänge den Raum. „Stille Nacht, heilige Nacht…" Genau gegenüber meinem Fenster befindet sich die Spitalskapelle, wo die Klosterschwestern die Mette feiern. Die bunten Kirchenfenster leuchten von innen heraus, und mich überkommt eine sehr feierliche Stimmung. Das ist ein Heiliger Abend der anderen Art für mich.

Erkenntnis des Tages: Gesundheit ist nicht alles. Aber ohne Gesundheit ist alles nichts.

(Arthur Schopenhauer)

Donnerstag, 25.12. Christtag

Nach einer im wahrsten Sinne des Wortes stillen und heiligen Nacht genieße ich mein trockenes Grahamweckerl und ein paar Löffel laktosefreies Jogurt. Bei der Visite versuche ich mit dem Arzt zu verhandeln, dass ich nicht mehr Lovenox gespritzt bekomme. Die Thromboseprophylaxe ist vom Krankenhaus so vorgeschrieben. Da ich aber von Tag zu Tag mobiler bin, brauche ich die Spritzen nicht mehr.

Den Vormittag nutze ich, um wieder meine Atemübungen zu machen. Die Aufgabe besteht darin, in ein Gerät kräftig zu blasen und damit drei Kugeln zum Schweben zu bringen. Vor drei Tagen habe ich nur eine Kugel geschafft. Heute sind es schon zwei. Es ist ein Erfolgserlebnis, die Steigerungen - auch wenn sie noch so klein sind - zu sehen.

Wolfgang kommt heute schon vor dem Mittagessen vorbei. Ich freue mich wieder sehr, da traditionellerweise am Christtag meine Stieftochter Jennifer zu Besuch kommt. Sie holen mich also gemeinsam ab und ich bemühe mich sehr, aufrecht und zügig zu gehen. Kaum setzen wir uns zum Essen, läutet mein Handy. Da ich noch sehr langsam bin, schaffe ich es nicht, rechtzeitig abzuheben. Doch plötzlich meldet sich das Telefon meines Mannes. „Guten Tag, hier spricht das Krankenhaus Spritzing. Ist vielleicht Ihre Frau bei Ihnen?", meldet sich die Stimme. „Ja, natürlich. Wieso?" „Sie hat sich leider nicht abgemeldet, daher gilt sie als vermisst!" Oje, was hab ich nur wieder angestellt? Ich habe total vergessen, den Ausgangsschein zu unterschreiben. Mein Geist ist offensichtlich genauso reduziert wie mein Körper.

Beim Mittagessen muss ich wieder leiden, denn meine

Mutter serviert uns die weltbeste Ente. Aufgrund meiner strengen Diätvorschrift darf ich nur ein paar Bissen Knödel und Rotkraut zu mir nehmen. Einen Löffel vom herrlichen Safterl gönne ich mir und steige damit auf in den Siebenten Himmel der Genüsse.

Ich bin gleichzeitig unbeschreiblich glücklich, aber auch erschöpft, sodass ich mich auf dem Sofa ausstrecken muss. Wieder und immer wieder vermisse ich meinen Sohn so unglaublich.

Schließlich bitte ich Wolfgang um den Krankenhaustransport und falle vollkommen erledigt ins Bett. Ich mache etwas, das ich noch nie gemacht habe. Ich schau mir die „Helene Fischer Show" an, obwohl ich keine „Helenistin" bin. Als Udo Jürgens mit ihr gemeinsam „Merci Cherie" singt, brechen wieder die Dämme... Wie schnell habe ich mich verändert?

Erkenntnis des Tages: Nichts ist unmöglich!

Freitag, 26.12. Stefanitag

Mitten in der Nacht werde ich wach und spüre, dass die Geschwulst an meinem Hals kleiner wird. Als ich um sechs Uhr früh aufwache, ist die Narbe vollkommen glatt und nicht mehr geschwollen.

Ein Weihnachtswunder!

Ich habe auch das erste Mal schon für kurze Zeit auf der linken Seite geschlafen. Die Schmerzen sind halt noch mein ständiger Begleiter. Die Medikamente habe ich von vier auf drei Tabletten reduziert und hoffe, dass ich das auch durchhalte. Es ist ein sehr angenehmes Gefühl, den Körper wieder selbstständig zu pflegen. Zum Duschen leihe ich mir einen Gummihandschuh, und die Schwester klebt ihn an meinem Handgelenk fest. Immerhin hatte ich ja zwei Operationen, wobei mich die Handoperation momentan mehr einschränkt.

Ich freue mich sehr auf die für morgen geplante Entlassung. Andererseits ist es unvorstellbar für mich, wie ich zurechtkommen soll. Mein Schatz hat sich die nächste Woche freigenommen und wird mir sicher zur Seite stehen.

Wir verbringen den Tag wieder zu Hause und ich bin diesmal sogar offiziell abgemeldet. Trotz des Christbaums kommt heuer keine weihnachtliche Stimmung auf. Es ist einfach nicht gemütlich, wenn man müde ist, Schmerzen hat und wieder ins Krankenhaus zurückkehren muss. Aber ich habe eine Perspektive. Morgen werde ich entlassen. Eigentlich kann ich glücklich sein, denn es gibt unzählige Patienten, die leider keine Perspektive mehr haben.

Erkenntnis des Tages: Wenn die Hoffnung aufwacht, legt sich die Verzweiflung schlafen. (Asiatische Weisheit)

Samstag, 27.12.2014 - Die Entlassung

Ich würge die letzte trockene Semmel und den letzten Filterkaffee für lange Zeit in den Magen. Früher gab es für mich nichts köstlicheres, als eine Buttersemmel zum Frühstück. Aber durch das fehlende Fett vergeht mir der Gusto auf weißes Gebäck. Prof. Bär hat versprochen, heute gegen Mittag zu mir zu kommen. Ich bin gerade auf dem Weg in die Dusche, da rollt er schon mit dem Verbandswagen herein. Er versorgt alle meine Wunden.

Als er wieder punktieren möchte, kann er gar nicht glauben, dass die Narbe nicht mehr geschwollen ist. „Ihr Körper hat die Lymphgänge selbstständig wieder verklebt. Jetzt geht's wirklich bergauf mit Ihnen. Allerdings werden Sie die Sensibilitätsstörungen und den Zwerchfellhochstand noch lange spüren. Sie müssen jetzt geduldig sein und etwas machen, das Sie vielleicht noch nie gemacht haben: Hören Sie auf Ihren Körper!"

Ich bekomme einen vorläufigen Entlassungsbericht und die Information, dass ein neurologischer Rehabilitationsaufenthalt eingereicht wurde. Am kommenden Dienstag, also noch im „alten" Jahr, bin ich wieder zur Kontrolle inklusive Lungenröntgen bestellt.

Einfach nur glücklich, packe ich meine wenigen Sachen und warte auf meinen Mann.

Das Nachhausekommen fühlt sich diesmal ganz anders an. Ich kann mich endlich nicht nur physisch, sondern auch psychisch niederlassen. Ich freue mich auch darüber, dass ich jedes Mal schneller die Stiegen in unsere Wohnung erklimmen kann. Es sind die kleinen Schritte, die die meiste Freude bereiten.

Doch es ist schon wieder was passiert. Seit dem Heiligen Abend ist die Heizung im unteren Stockwerk, wo meine Mutter lebt, ausgefallen. Sie konnte nur notdürftig mit dem Kachelofen im Wohnzimmer heizen. Die Tage werden jetzt immer kälter, und sie hat nur mehr 17 Grad in Küche und Bad. Der Installateur hat vage versprochen heute zu kommen, was er aber leider nicht eingehalten hat. Er vertröstet uns auf Montag. Das hat zur Konsequenz, dass Mama ab heute in Peters Zimmer in unserer Wohnung wohnt. Mich stört das alles nicht. Ich bin einfach nur sehr froh, wieder zu Hause zu sein.

Erschöpft falle ich in einen langen Mittagsschlaf. Plötzlich werden wir durch leises Klopfen geweckt. „Was ist denn jetzt schon wieder los?" Das Pochen ist so zaghaft, dass wir es vorerst ignorieren. Da wir unsere Handys lautlos geschaltet haben, hören wir auch die Anrufe nicht. Das Klopfen wird nun lauter und es mischt sich mit verzweifeltem Rufen. Wolfgang steht auf und versucht die Geräusche zu orten. Sie kommen aus Peters Zimmer. Die Türschnalle hat sich gelöst, und meine Mutter ist eingesperrt. Wir müssen schallend lachen und sie stürmt zur Toilette.

Wie schön ist es wieder zu Hause zu sein!

Erkenntnis des Tages: Trautes Heim, Glück allein!

9. Kapitel - Die Rehabilitation

Die folgenden Wochen liegen unter einem grauen Schleier. Ich kann mich nur an Weniges erinnern. Ein ruhiger Jahreswechsel mit unseren Nachbarn, viele liebe Besuche, regelmäßige Kontrollen im Krankenhaus, Physiotherapie und Lymphdrainagen, zwei, drei sehr kurze Spaziergänge, einige sehr liebe Anrufe, viel Schlaf tagsüber und natürlich in der Nacht, leider auch sehr viele Albträume und Angstzustände. Diese Wochen sind glücklicherweise schnell vergangen. Ich habe mich sehr engagiert, so schnell wie möglich einen Platz in einem Rehabzentrum zu bekommen. Professor Bär hat mir den frühesten Therapieantritt nach sechs Wochen erlaubt. Und so bin ich genau sechs Wochen nach der Operation am 28. Jänner in der „Waldherberge" in der Nähe von Wien zum „Anschlussheilverfahren" eingerückt.

Die Waldherberge

Heute ist ein Wintertag wie aus dem Bilderbuch. Die Wiesen sind mit einer zentimeterdicken Schneeschicht bedeckt und die Wintersonne bringt die einzelnen Kristalle zum Glitzern. Es ist fast kitschig, so schön ist es hier. Pünktlich um neun Uhr betrete ich die Halle des Rehabzentrums. Ich bin jetzt schon schweißgebadet, weil ich die Koffer alleine aus dem Auto heben musste. So stapfe ich mit meinen plumpen UGGs (Winterstiefel – ein Mitbringsel von unserem Australienurlaub) und den Koffern zur Rezeption. Alle notwenigen Unterlagen habe ich vorbereitet und gebe sie bei den netten Damen ab. Auch den Selbstbehalt bezahle ich im Voraus. Ich wundere mich, dass ich nur für drei Wochen anstatt der geplanten vier Wochen gebucht bin.

Eine Angestellte erklärt mir die Regeln des Hauses und bringt mich in die Garderobe. Hier hat jeder Gast einen versperrbaren Spind, wo man sich die Schuhe ausziehen muss. Es wurde im Einladungsschreiben ausdrücklich darauf hingewiesen, dass man Hausschuhe, Befunde und Medikamente im Handgepäck griffbreit haben sollte.

Wir gehen durch eine Glastüre, die mit einem sehr großen „Einfahrt verboten"-Schild gekennzeichnet ist. „Das ist das Ende des Besucherbereiches. Besuche dürfen Sie nur im Eingangsbereich empfangen. Es darf niemand auf die Gänge und schon gar nicht aufs Zimmer!" Aha, denke ich mir, ganz schön streng, die Waldherberge!

Jedenfalls übergibt mich die Dame einer Krankenschwester, und ich werde eingeladen Platz zu nehmen. So sitze ich da mit meinen Röntgenbildern, Befunden und Medikamenten und harre der Dinge, die da kommen sollen. Die erste Station ist die Diätassistentin. Abwiegen und Abmessen - hier beginne ich schon zu diskutieren, als die Diätologin meine Größe mit einem Meter sechsundfünfzig einträgt. „Bitte ich bin eins ACHTundfünfzig. Das steht zumindest in meinem Pass!", erkläre ich ihr lächelnd. Leider bleibt sie hart und zeigt keine Einsicht. Selbst nach der zweiten Messung bin ich nicht größer.

Sie fragt nach Unverträglichkeiten und ich gebe meine Lactose- und Fructoseintoleranz an. Das wird sich noch als großer Fehler herausstellen.

So, die erste Hürde ist absolviert, nun folgt die zweite. Das Arztgespräch. Die Ärztin ist nett und leger. Wir kennen einander noch von früher, als ich sie in einem anderen Krankenhaus betreut habe. Minutiös muss sie unzählige Informationen in den Computer tippen. „Auf einer Skala von eins bis zehn, wie stark sind ihre Schmerzen jetzt im Moment? Und wie waren sie in den letzten vier Wochen! Wie genau sind die Schmerzen? Stechend, ziehend, drückend, pulsierend.... Wo genau sind die Schmerzen?" Und so weiter. Nach fünfundvierzig Minuten Befragung brummt mir schon der Schädel. Korrekterweise waren es nur vierzig, denn fünf Minuten hat sie mich sicherlich untersucht. Ich bitte sie, mir so schnell wie möglich Massagen oder andere entspannende Therapien zu verordnen, da ich so starke Verspannungsschmerzen habe.

Als ich wieder draußen bin, bin ich nahe einem Hypo und frage am Stützpunkt, ob ich mir kurz einen Kaffee holen kann. Das ist kein Problem, denn ich bin mit den Aufnahmeformalitäten so gut wie fertig. Voller Vorfreude begebe ich mich Richtung Kaffeehaus. Naja, Kaffeehaus ist vielleicht nicht der richtige Ausdruck, es handelt sich eher um ein Buffet. Ich gönne mir einen kleinen Braunen, der seinen Namen nur aufgrund der Größe verdient. Der

Geschmack ist einfach unbeschreiblich, ähnelt dem von Kaffee auch in keiner Weise. Ich lasse ihn stehen.

Am Stützpunkt hole ich meine Papiere ab und mache mich auf die Suche nach meinem Zimmer. Da das Haus nur 130 Betten hat, ist es sehr übersichtlich. Es gibt auch überwiegend Einzelzimmer, was sehr angenehm ist. Mein Gepäck wurde schon heraufgebracht und ich richte mich häuslich ein. Viel Zeit bleibt dafür nicht, denn ich muss bis spätestens 12 Uhr beim Mittagessen sein.

Im Speisesaal wird mir ein Tisch zugewiesen, an dem schon zwei Damen sitzen. Ich stelle mich vor und werde gefragt, warum ich denn hier sei. Es ist also üblich, anstatt über den Beruf - wie ich sehe, sind die meisten schon in Pension - die Indikation zu erläutern. Das heißt, an meinem Tisch sitzt eine Schulter, eine Hüfte und mit mir eine Rippe. Jetzt kommt auch noch die vierte Versehrte dazu. Sie komplettiert unsere Runde, denn sie ist das Knie.

Nach dem Essen findet die Handtuchausgabe statt. Jeden Mittwoch von 14 bis 16 Uhr muss man die neuen Handtücher holen. Obwohl ich heute noch keine Therapie habe, bin ich so müde, dass ich für zwei Stunden im Bett verschwinde und tief und fest schlafe. Mittlerweile hat es zu schneien begonnen und die Dämmerung bricht über das Tal. Ich raffe mich aus dem Bett auf und mache mich schon wieder bereit für die Nahrungsaufnahme. Voller Vorfreude begebe ich mich in den Speisesaal. Da ich mich nicht mehr fettfrei ernähren muss, freue ich mich umso mehr auf jede Mahlzeit. Doch diese Freude sollte mir bald vergehen. Das Knie, die Schulter und die Hüfte bekommen Topfenknödel mit Erdbeermousse. Ich dagegen zwei Scheiben Schwarzbrot, zwei Blatt Schinken und zwei Blatt Käse. Auf mein Nachfragen erfahre ich, dass ich ja laktose- und fruktosearm essen muss, und daher bekomme ich keine Knödel. Mein Gusto ist so groß, dass es mir nicht zu peinlich ist, die Kellnerin ausnahmsweise um einen Knödel zu bitten. Leider gibt es keine Erdbeersauce mehr, aber die Schulter hat Erbarmen mit mir, und ich darf ihre Schüssel ausschmieren. Meine Tischnachbarinnen haben keine Unverträglichkeiten und dürfen daher alles essen. Das Knie mag allerdings keinen Kochsalat: „Da glaub ich, ich beiß in eine Wies'n! Das mag ich nicht." „Na, solange sie deswegen nicht ins Gras beißt", denke ich mir. Das Thema Essen wird uns noch lange beschäftigen.

Nach dem Nachtmahl, für mich eher eine Jause, weil ich nicht gewöhnt bin, um halb sechs zu essen, holen die Patienten den Therapieplan für den nächsten Tag ab. Da habe ich ja morgen nicht viel zu tun. Blutabnahme um 6:45 und erst um 15 Uhr Ultraschall. Danach gibt es die Begrüßung, und das war's dann.

Ich mache mich auf den Weg in mein Zimmer und verbringe den Abend mit Lesen und Telefonieren. Gegen dreiviertel zehn drehe ich den Fernseher auf, um noch die Nachrichten zu sehen. Es ist 22:01 Uhr und plötzlich geht der Ton aus. Das Bild läuft zwar weiter, aber es ist kein Ton mehr zu hören. Ich nehme die Hausordnung zur Hand und erfahre, dass man ab 22 Uhr die Kopfhörer benutzen soll, um die anderen Patienten nicht zu stören. Es wird außerdem ausdrücklich darauf hingewiesen, dass im Haus absolutes Alkoholverbot herrscht. Aha, das ist aber streng, denke ich und setze die Kopfhörer auf.

Ich falle in einen unruhigen und relativ kurzen Schlaf.

Um 6:45 Uhr muss ich ja schon Harn abgeben und zur Blutabnahme. Mir ist schwindlig und mein Blutdruck ist im Keller, wo ich doch im ersten Stock bin. Überhaupt glaube ich, dass mein Geist noch schläft, während mein

Körper schon durch die Gänge wankt.

Um ¾ 8 gehe ich frühstücken. Meine Tischnachbarinnen sind schon sehr besorgt um mich. „Die Serviererinnen haben bereits nach Ihnen gefragt. Sie wollten schon anrufen." „Warum", entgegne ich, „Frühstück gibt es doch bis 8 Uhr 15." Ich verstehe die Aufregung nicht und trinke einen Filterkaffee.

Um meinen Vormittag zu planen, frage ich bei der Rezeption nach, ob das Schwimmbad geöffnet ist. Auf einem Infoblatt lese ich, dass Mittwoch und Freitag ein Aquajogging-Kurs angeboten wird. Doch leider ist das Schwimmbad geschlossen und die Therapeutin auf Urlaub. Was kann ich hier tun? Von Spaziergängen wird aufgrund der glatten Gehwege abgeraten. „Ok", denke ich „dann hat das Schicksal entschieden. Ich fange endlich an, meine Geschichte aufzuschreiben." Mein kleines Zimmer ist dafür sehr gut geeignet, es gibt hier nichts, was mich ablenken könnte.

Kaum habe ich mich warm geschrieben, höre ich eine Durchsage über die Haussprechanlage. „Frau Kaiser bitte zum Stützpunkt kommen!" Also eile ich dorthin und erfahre, dass ich in zehn Minuten eine physiotherapeutische Einheit habe. Zurück ins Zimmer umziehen und zur Therapie. Die Einheit ist eine reine Sprechstunde. Wieder muss ich meine Schmerzen evaluieren, lokalisieren und kategorisieren. „Auf einer Skala von eins bis zehn..."

Zum Schluss eröffnet mir die Therapeutin, dass sie das nur für eine Kollegin vorbereitet, denn sie selbst ist ab nächster Woche auf Urlaub. Ok, die Sprechstunde ist vorbei und ich schlendere wieder in mein Zimmer.

Es dauert einige Zeit, bis ich mich wieder ins Schreiben einfinde. Die Auseinandersetzung mit meinem Thoracic Outlet Syndrom ist für mich eine Art Therapie. Die Zeilen rinnen mir geradezu aus den Fingern. Während ich meine Geschichte aufschreibe, wird mir bewusst, wie absurd das alles eigentlich ist.

Fast hätte ich aufs Mittagessen vergessen. Meine Damen haben sich schon eingefunden. Ich bin immer die Letzte. Heute wird mir ein Risotto serviert, das sogar ich verweigere. Es schmeckt nach noch nicht ganz aufgelöstem Tapetenkleister. Zumindest stelle ich mir den Kleister so vor. Ich nehme mir stattdessen eine doppelte Portion Salat. Die Damenrunde hat sich mittlerweile in eine heiße Diskussion über die Ausländerproblematik in Österreich verstrickt. „Das muss man sich erst einmal vorstellen: Jetzt bekommt mein Enkerl im Kindergarten kein Schnitzel mehr, weil die Moslems kein Schweinefleisch essen. So weit samma schon! Hoffentlich g'winnt der HC Strache die Wahl, so geht's ja nicht mehr weiter!" „Na, was soll ICH sagen. Ich wohne in Traiskirchen. Was glaubst, was da los ist? Die Kinder trauen sich schon gar nicht mehr alleine zur Badener Bahn gehen, weil überall die schwarzen Drogendealer herumlungern!"

Ich versuche meine bosnische Tischnachbarin mit der neuen Hüfte in ein Gespräch zu verwickeln, denn sie verspannt sich zusehends. Mir ist die ganze Situation unangenehm und ich suche so schnell wie möglich mein Zimmer auf. Ich muss mich wieder hinlegen und stelle den Wecker, damit ich meine nächste Therapie, eine Ultraschallbehandlung für meine Narbe in der Hohlhand, nicht verschlafe.

Fünf Minuten dauert die Behandlung, und gleich anschließend findet die Begrüßung durch den Herrn Primarius statt. Er wirkt zwar sympathisch, hat aber die unangenehme Aufgabe, den PatientInnen die Hausordnung näherzubringen. Er weist noch einmal ausdrücklich auf das strenge Alkoholverbot hin. Das wird mir langsam unheimlich. Welche Patienten kommen denn hier her, dass man sie so bevormunden muss?

Als ich nach dem Abendessen meinen Plan abhole, traue ich meinen Augen nicht. Morgen habe ich eine Ergotherapie für meine Hand, eine Physiotherapie und eine Einheit im Fitnesscenter, aber wieder keine Massage, Packung oder Bestrahlung für meinen schmerzenden Rücken. Langsam frage ich mich, ob ich hier richtig bin.

Verunsichert gehe ich in meine Kammer und falle in einen unruhigen Schlaf voller Schmerzen und Albträume.

Und täglich grüßt das Murmeltier: Schon beim Frühstück erwarten mich meine Damen mit den Worten: „Na, da sind sie ja endlich! Die Restaurantmitarbeiterinnen wollten schon wieder bei Ihnen anrufen. Es ist ja schon zehn vor acht! Wir haben eh gesagt, dass sie sicher bald kommen werden."

Kurz nach zehn Uhr findet die Zimmervisite mit Primarius und Oberärztin statt. Auf meine Frage nach Massagen oder Schmerztherapie meint der Arzt: „Dafür sind wir nicht eingerichtet. Bei uns werden die PatientInnen aktiviert und mobilisiert. Wir sind kein Wellnesshotel. Die Therapeuten sollen Ihnen halt ein paar Atemübungen zeigen, mehr können wir für Sie nicht tun. Sie haben etwas sehr Kompliziertes und dafür haben wir keine Kapazitäten."

Na, danke, jetzt weiß ich's. Zu meinen körperlichen Schmerzen kommen jetzt auch noch seelische. Ich fühle mich als Hypochonder, Lamentierer und überhaupt total deplatziert.

Die nette Ergotherapeutin macht mir eine Daumenschiene, die ich aber aufgrund der Narbe noch nicht verwenden kann. Die Physiotherapeutin ist zwar auch sehr bemüht, aber ich merke einfach, dass sie nicht so recht weiß, was sie mit mir tun soll. Die Einheit im Fitnesscenter ist leider auch gar nichts für mich. Ich soll Übungen an der Sprossenwand machen, kann mich aber an den Sprossen nicht anhalten. Neben mir trainieren fast ausschließlich ältere Patienten, die offensichtlich viel leistungsfähiger sind als ich.

Eigentlich will ich nur mehr nach Hause. Da ich heute am Samstag überhaupt keine Therapien habe, möchte ich mich nach dem Frühstück abmelden. Das ist aber leider nicht möglich, das kann man erst beim Mittagessen tun. So nütze ich die Zeit, um weiter an meiner Geschichte zu schreiben, und fahre zu Mittag höchst deprimiert nach Hause. Ich bespreche die Probleme mit meiner Familie und beschließe, noch morgen mit meiner Ärztin ein Gespräch zu führen.

Da sie Wochenenddienst hat, kann ich in aller Ruhe mit ihr sprechen. Sie versteht mich voll und ganz und bittet mich, morgen mit dem Primarius eine Lösung zu finden.

Auch dieses Gespräch verläuft harmonisch und wir haben Verständnis füreinander. Er hat keine Kapazitäten für Patienten mit besonderen Bedürfnissen und ich passe einfach nicht ins Schema. Der Arzt bittet mich, erst morgen abzureisen, da er heute niemanden zu Verfügung hat, der mit mir das Abschlussprozedere durchführen kann. Es ist die Woche der Semesterferien und es sind auch einige krank.

Schließlich fahre ich am 3. Februar ziemlich niederge-schlagen nach Hause. Jetzt ist es an der Zeit, alle Kon-takte spielen zu lassen. Das mache ich sonst nicht sehr gerne, aber in dieser Situation brauche ich einfach Hilfe. Da ich ja eine sehr schwere Operation hatte, bekomme ich nun doch eine Bewilligung für eine vierwöchige neurologische Rehabilitation. Geduldig warte ich auf einen Termin und verbringe die Tage mit essen, schlafen, lesen, telefonieren und wieder schlafen. Ich bekomme auch liebe Besuche von Freunden und Kolleginnen, über die ich mich sehr freue. Trotzdem strengt mich alles noch furchtbar an.

Da tiefer Winter ist, kann ich mich auch kaum zu einem Spaziergang motivieren. Außerdem habe ich andauernd das Gefühl, ohnmächtig zu werden. So vergehen die Tage, bis ich schließlich erneut auf Rehabilitation fahren kann.

Das Kurhotel Vinobile - Klinik unter Reben

Am 20. Februar 2015 checke ich im „Vinobile" ein. Den Namen Kurhotel trägt diese Einrichtung zu Recht. Hier fühlt man sich auf Anhieb wohl. Das Haus hat das Ambiente eines Kurhotels und nicht das einer Rehaklinik. Die

Ärztin kommt zum Aufnahmegespräch auf mein sonniges Zimmer. Auch die Stationsschwester stattet mir einen Besuch ab und fragt mich, ob ich gerne ein Aromaöl auf einem Tonstein haben möchte. „Ja, sehr gerne. Das habe ich zu Hause auch." „Gut, dann gebe ich Ihnen ein Lavendelöl, das entspannt und beruhigt, und es fördert auch den Schlaf."

Nach dem Mittagessen bin ich zu einem Assessment mit den Therapeuten eingeladen. Mir gegenüber sitzen eine Ergo-, eine Sport-, eine Physio- und eine Psychotherapeutin. Ein Kreativtherapeut komplettiert die Runde. Gemeinsam werden meine Beschwerden und Ziele besprochen, und es wird nach einem zweckmäßigen Behandlungskonzept gesucht. Meine Krankengeschichte ist auch für die Therapeuten hier eine Herausforderung. Trotzdem habe ich das Gefühl, verstanden zu werden.

Um siebzehn Uhr findet eine Hausführung statt. Eine Mitarbeiterin der Rezeption führt einen ebenfalls heute angereisten Patienten, er heißt Heini, und mich durchs Haus. Sie zeigt uns die Lobby mit offenem Kamin, das Hallenbad und die Wellnesslandschaft. Bei der Blutdruckmessstation traue ich meinen Augen nicht: Auf dem schwarzen Brett hängen diverse Informationen über Aktivitäten im Zentrum. Mir sticht aber sofort eine Anweisung der kollegialen Führung ins Auge:

Alkoholische Getränke können nur zu folgenden Zeiten konsumiert werden:

Montag - Freitag	ab 16:00 Uhr
Samstag	ab 12:00 Uhr
Sonn- und Feiertag	ab 09:00 Uhr

Es gelten folgende tägliche Höchstmengen:

2 Seidel Bier oder

2 Achtel Wein oder

2 Gespritzte oder

2 Spirituosen oder

2 Aperitif oder

2 Glas Sekt

Welch paradiesische Zustände im Vergleich zur „Waldherberge". Man merkt, wir sind im Weinviertel. Herrlich!

Meine Begeisterung wird nur mehr vom Abendessen übertroffen. Man kann aus sechs verschiedenen Menüs auswählen. Das Essen schmeckt ausgezeichnet, und auch mit meinem Tischnachbarn – es ist der Heini – verstehe ich mich auf Anhieb gut. Er wurde nach einem Bandscheibenvorfall operiert und befindet sich wie ich auf Rehabilitation. Am Nebentisch sitzen vier Herren und haben schon ihren Spaß. Der "Rädelsführer" ist der Poidl aus der Leopoldstadt, ein Schlaganfallpatient. Ihm gegenüber sitzt der Matthias, auch Hiasl genannt, aus Hallein (die Betonung liegt ausdrücklich auf dem **a**) ein Multiple-Sklerose-Patient. Sie unterhalten sich - wie könnte es anders sein - übers Essen.

Poidl: „Des is haaß, schätz i!"

Hiasl: „Wos hasch gsagt?"

Poidl: „Das ist heiß, schätze ich, hob i gsogt. Haaß is des!"

Hiasl: „Aso! Und i hob vastaundn, du bischt haaß, Schatzi! I hau mi ob!"

Ich hau' mich auch ab, denn ich habe auch so etwas wie „heißes Schatzi" verstanden. Wir leben zwar alle im gleichen Land, sprechen aber nicht immer die gleiche Sprache.

Wo hat man schon die Chance, so unterschiedliche Menschen kennenzulernen, wie in einem Rehabzentrum? Ich fühle mich schon richtig wohl hier im Vinobile.

Zufrieden begebe ich mich in mein Kabäuschen und richte mich zum Schlafen ein. Drei Tröpfchen Lavendelöl auf den Duftstein und - oje, das ist haargenau das gleiche Öl wie auf der Intensivstation. Mir wird gleich ganz anders.

Ich schlafe schließlich ein. Diese Nacht werde ich so bald nicht vergessen. Schon nach zwei Stunden wache ich auf, weil meine linke Hand wieder eingeschlafen ist. „Das darf doch nicht wahr sein! Das war der Grund für die Operation..." Langsam beruhige ich mich und falle in einen unruhigen, von Albträumen gestörten Schlaf. Gegen fünf Uhr früh wache ich erneut mit eingeschlafenen Armen auf. Ich bin total verzweifelt und stehe, müder als am Vorabend, um sieben Uhr auf. Ich bitte die Schwester, das Lavendelöl gegen ein Orangenöl auszutauschen, und um eine weichere Matratze. Das ist zwar nicht möglich, aber ich bekomme eine weiche Auflage.

Jedenfalls tut man hier alles, um mir den Aufenthalt so angenehm wie möglich zu machen.

Zum Frühstück gibt es wieder Kabarett. Der Poidl - ich nenne ihn „Maroni", weil er einen Maronistand betreibt - telefoniert bei Tisch mit einem Freund. „Jo, na sicher. I waß eh, i kum eh scho boid wieda ham. Mei Oide braucht mi jo a. Jo guat mei Freind, Servas!" Er legt auf und sagt zu seinem Tischnachbarn: „Des woar mei Mann fürs Grobe! Waßt eh, so an braucht ma hoit im Leben!"

Mein Kurkumpan Heini und ich schauen einander nur an und müssen uns das Lachen verkneifen.

Die Tage im Vinobile haben mich wieder zurück ins Leben gebracht. Nicht nur physisch, sondern auch psychisch habe ich mich sehr gut erholt. Ich hatte die unterschiedlichsten Therapien: Wassergymnastik, Ergo-, Physio- und Psychotherapie, Massagen und Bäder, Packungen und körperliches Gestalten, Entspannungstechniken und sogar kreatives Gestalten. Beim Malen konnte ich mich am allerbesten entspannen. Das machte mir sehr großen Spaß. Auf meinen Wunsch wurde ich auch zum Ergometertraining eingeteilt. Ich wollte einfach wieder Kondition aufbauen. An einigen Tagen gelang mir das schon ganz gut, an anderen weniger. Ich versuchte, die Balance zwischen Anspannung und Entspannung zu finden.

Dazwischen habe ich geschrieben und geschlafen und geschlafen und geschrieben. Ich habe unterhielt mich auch wirklich gut mit dem „Maroni", dem „Schiri" (ein Schiedsrichter in Pension, der hin und wieder mit Maroni Karten spielte und noch mehr diskutierte) und dem Heini. Was mich besonders freute, waren die netten Besuche von meinen Kolleginnen und Freundinnen. Eine Schulfreundin, die ich schon lange nicht mehr gesehen hatte, nahm sich sogar frei und kaufte für ihr Auto eine Vignette, nur um mich zu besuchen. Das tat auch meiner Seele gut. Die Gelegenheit, eine unerwartete Freude zu erleben, hat man auch nicht alle Tage.

Natürlich war meine Geschichte für die Therapeuten und Ärzte auch sehr ungewöhnlich. Alle gemeinsam bemühten sich sehr, auf meine individuellen Bedürfnisse einzugehen.

Wann immer es das dichte Programm zuließ, war ich in den Weinbergen unterwegs. Als mich die Bewegungstherapeutin am ersten Tag fragte, ob ich eine Stunde gehen kann, verneinte ich das vehement. Ich konnte keine fünfzehn Minuten gehen, ohne intensive Rückenschmerzen zu bekommen. Am Ende des Aufenthaltes war ich an guten Tagen eineinhalb Stunden unterwegs und die Schmerzen waren erträglich.

Ich lernte auch loszulassen. Anfangs war es für mich unvorstellbar, nicht an der Außendiensttagung meiner Firma teilzunehmen. Während meines Rehabaufenthaltes habe ich mich allerdings gedanklich von der Arbeit und dem Alltag entfernt. Das war auch gut so. Es half mir sehr, die Erlebnisse zu verarbeiten und das Trauma zu verarbeiten. Wann bekommt man schon die Chance und die Zeit wieder zu sich zu finden?

10. Kapitel - Wieder zurück im aktiven Leben

Am 20. März - es war der Tag der partiellen Sonnenfinsternis in Österreich - wurde ich wieder nach Hause entlassen. Ich freute mich so sehr, musste aber bald feststellen, wie wenig belastbar ich noch war. Die Eingewöhnung ins Alltagsleben fiel mir unglaublich schwer. Mir war alles zu laut, zu intensiv, zu schrill. Beim Einkaufen war ich sowieso total überfordert. Entscheidungen zu treffen - auch wenn es sich nur um Käse handelte - war für mich ein Problem. Außerdem entwickelte ich eine neue Eigenart: ich wurde „leutscheu": Menschenansammlungen, die größer waren als vier Personen, machte mich total nervös. So eine Eigenheit war mit bisher völlig fremd.

Ich brauchte noch gute zwei Wochen zu Hause, bis ich mich wieder zurück ins Berufsleben wagte. Langsam begann ich, mich wieder in die Thematik meines Jobs einzufinden. Ich hatte viele Fortbildungen versäumt und musste Vieles nachholen. Einige neue Unterlagen galt es zu lernen. In der ersten Zeit musste ich meine Besuchstage noch genauer planen, um nichts zu vergessen. Ich hatte großen Respekt vor den ersten Arztgesprächen, die auch erhöhte Konzentration von mir erforderten.

Niemals hätte ich gedacht, dass ich mich auch geistig rehabilitieren musste. Immer wieder hörte ich: „Du musst halt geduldig sein, das dauert!"

Ja und das hat es schließlich auch.

EPILOG

Mittlerweile ist es Ende Juli, und fast eineinhalb Jahre sind seit meiner Selbstdiagnose vergangen. Ich stehe wieder voll im Leben und fühle mich schon zu 90 Prozent fit. Es gibt gute Tage und weniger gute Tage. Da ich im Bereich der Narbe noch immer Schmerzen habe, nehme ich nach wie vor Schmerzmedikamente ein. Es werden tendenziell aber immer weniger. Seit einigen Wochen werden die Gelenkschmerzen in meinen Händen besser. Die linke Hand schläft kaum mehr ein, dafür aber die rechte...

Meine Schultergelenke verursachen die gleichen Schmerzen und Probleme wie vor der Operation. Deswegen habe ich auch einen MRT Termin, auf den ich schon sechs Wochen warte. Hoffentlich steht mir nicht noch ein Eingriff bevor, aber das ist eine andere Geschichte...

Es bestand eine geringe Chance, dass die Migräne nach der Operation verschwinden könnte. Das ist leider nicht der Fall.

Da ich ja berufsbedingt regelmäßig im Krankenhaus

Spritzing bin, schaffte ich es Anfang Juni, die Intensivstation zu besuchen. Es kostete mich zwar einiges an Überwindung, aber ich wollte unbedingt noch einmal sehen, wo ich diese schwierigen Tage meines Lebens verbracht hatte. Die Schwestern erkannten mich nicht, da ich ja jetzt wieder „normal" aussah. Aber als ich die Geschichte erzählte, wussten sie sofort, wer ich war. Auch der liebe Dr. Schatz hatte Dienst und wusste sofort, dass ich der „Chylothorax" war. Er schien ganz begeistert von meinem Vorhaben, ein Buch zu schreiben. Ob er das auch noch ist, wenn er es gelesen hat?

Für mich war der Besuch sehr eigenartig, denn ich hatte durch die andere Sichtweise das Gefühl, als hätte es hier einen Umbau gegeben. Ich schaute auf mein Bett und nicht - wie vor wenigen Wochen - aus dem Bett heraus. Der Unterschied war gewaltig! Jedenfalls hatte ich meine Emotionen unter Kontrolle, obwohl mir das nicht leicht fiel. Auch der Anstaltskapelle, die mir am Heiligen Abend so schöne Momente beschert hatte, stattete ich einen Besuch ab und zündete eine Kerze der Dankbarkeit an.

Durch diese meine Geschichte konnte ich viele

Erkenntnisse gewinnen:

Zahlreiche Menschen überraschten mich sehr positiv durch ihre Zuwendung. Auch Kolleginnen und Kollegen, die ich noch gar nicht so gut kannte, kümmerten sich um mich. Die Firma, insbesondere meine Chefinnen, verhielten sich großartig. Zu keiner Zeit hatte ich das Gefühl unter Druck zu stehen. Ich bekam sehr herzliche Geschenke, Karten, Besuche und Anrufe.

Einige wenige meiner Freunde bzw. Bekannten meldeten sich aber auch gar nicht. Hier brachte ich den Mut auf, diese Enttäuschung den Betroffenen mitzuteilen und die Kontakte abzubrechen. Ich möchte die wenige Freizeit, über die ich verfüge, mit den Menschen verbringen, die mir wichtig sind. Ich habe weder Zeit noch Lust an Smalltalk-Bekanntschaften.

Ich achte mehr auf meinen Körper: Durch meine Mutter fand ich eine sehr gute Therapeutin, die mich nach allen Regeln der europäischen und asiatischen Kunst massiert, mobilisiert, dehnt und schröpft. Ich nenne sie Frau Engel, denn das ist sie für mich. Ich gehe gebückt in ihre Praxis und komme aufrecht und mindestens zehn Zentimeter größer wieder heraus.

Zusätzlich gehe ich jede dritte Woche zu einer sehr guten Osteopathin, die mir im Rehabzentrum empfohlen wurde. Ich löste mir eine Jahreskarte in einem Fitnesscenter. Dort stellte man für mich ein eigenes Schulteraufbauprogramm zusammen. Auch Nordic Walking betreibe ich wieder regelmäßig. Ab und zu begleitet mich sogar mein Mann. Ich investiere meine Zeit und mein Geld in das wertvollste Gut, das ich habe: in die Gesundheit.

Ich versuche mich mehrmals täglich darauf zu besinnen, im Hier und Jetzt zu leben. Das muss man zwar üben, aber es funktioniert. Damit kann ich viel Stress und Druck abbauen. Es führt auch dazu, die schönen Momente im Leben intensiver genießen zu können. Meine Intention ist Gelassenheit und „Die unerträgliche Leichtigkeit des Seins" zu erlangen.

Ein weiterer Vorsatz von mir ist, toleranter zu werden. Das fällt mir zwar nicht immer leicht, gelingt aber von Tag zu Tag besser. Wenn jeder Mensch den anderen so nimmt, wie er ist, gäbe es weniger Streitigkeiten und Kriege. Wenn es mir ganz schwer fällt, dann denke ich: „Wie wäre es, wenn ich diesen Menschen zum letzten Mal sehen würde?" Und schon ändert sich die innere

Einstellung. Der andere spürt das auch im Unterbewusstsein, und die Schwingungen verändern sich ins Positive. Ich erlebte schon konkrete Beispiele, es ist einfach unglaublich.

Durch die strenge Diät entwickelte ich eine bewusstere Einstellung zu Nahrungsmitteln. Meine geliebten Buttersemmeln esse ich so gut wie nicht mehr. Statt Weißbrot kaufe ich nur mehr Schwarzbrot und Vollkornprodukte. „Es muss nicht immer Kaviar sein..." Jetzt darf es auch ein frisches, gutes Schwarzbrot mit Butter und Schnittlauch sein.

Zwar keine neue Erkenntnis, aber eine Bestätigung meiner Erfahrungen besteht darin, niemals den Humor zu verlieren. Selbst in den schwierigsten Situationen braucht man Humor, und wenn es nur Galgenhumor ist. Er hat mir und meinem Mann über Vieles hinweg geholfen. Auch die nötige Portion Selbstironie finde ich sehr wichtig. Humor ist eine der wichtigsten Eigenschaften des Menschen! Humor tut der Seele gut! „Humor ist das Antidot zu Sorgen!" Und frei nach Wikipedia ist *Humor die Begabung eines Menschen, der Unzulänglichkeit der Welt und der Menschen, den alltäglichen Schwierigkeiten und Missgeschicken mit heiterer Gelassenheit zu begegnen. Diese engere Auffassung ist in der sprichwörtlichen Wendung Humor ist, wenn man trotzdem lacht ausgedrückt, die dem deutschen Schriftsteller Otto Julius Bierbaum (1865–1910) zugeschrieben wird.*

Zu guter Letzt bin ich auch viel dankbarer geworden. Man lebt damit leichter und zufriedener. Es gibt so viele Dinge im Alltag wofür man dankbar sein kann, man muss nur genau hinschauen!

DANKSAGUNG

Dieses Buch widme ich meiner Familie, allen voran meinem Mann, der mir bewiesen hat, dass er nicht nur bei Sonnenschein ein guter Partner ist. Er ist durch meine Krankheit über sich hinausgewachsen; ich habe an ihm eine neue Seite entdeckt.

Meiner Mutter gebührt ein spezieller Dank: Wir leben seit meiner Geburt in einer „Drei-Generationen-Wohngemeinschaft", und das erfordert sehr viel Toleranz von allen Seiten. Meine Mama hat mich in meiner schweren Zeit mit allen meinen Launen ertragen, hat fettarm für mich gekocht und mein Manuskript wieder und immer wieder gelesen. Sie hat auch meine Zweifel ausgeräumt und mich bestärkt, das Buch zu veröffentlichen.

Obwohl mein Sohn physisch nicht anwesend war, ist er mir seelisch immer beigestanden.

Meinem Onkel Xaver, der die Arbeit Korrektur gelesen hat, möchte ich dafür danken, dass er mich ermunterte, meine Geschichte aufzuschreiben.

Schließlich möchte ich mich bei allen Ärzten, Schwestern

und Pflegern der Intensivstation für die gute Betreuung bedanken. Sie haben jeden Tag einen schweren, verantwortungsvollen Job zu erledigen. Und das unter sehr anstrengenden Arbeitsbedingungen.

Ganz herzlichen Dank an Leitung, Ärzte und Therapeuten des „Vinobiles". Das perfekt eingespielte Team hat mir auf dem Weg zurück ins aktive Leben sehr geholfen.

Schlussendlich danke ich dem Universum für das Leben! Erst jetzt weiß ich, dass es ganz anders hätte ausgehen können...

Ich möchte darauf hinweisen, dass Namen – außer von Familie und engen Freunden - auch Ortsnamen, Namen von Krankenhäusern und Rehabzentren aus Gründen der Diskretion frei erfunden sind. Den Namen von Herrn „Dr. Toperzer" habe ich von meinem Kater geliehen. Er wird es mir sicher verzeihen.

Die Geschichte habe ich nicht frei erfunden, sondern lediglich wahrheitsgetreu, wenn auch manchmal humoristisch überspitzt, zu Papier gebracht.

Ich erhebe keinen Anspruch auf medizinische Richtigkeit. Genaue Erklärungen der Fachausdrücke entnahm ich Wikipedia, NetDoktor und DocCheck.

Zeitfracht Medien GmbH
Ferdinand-Jühlke-Straße 7
99095 Erfurt, Deutschland
produktsicherheit@kolibri360.de